教え子とキスをする。
バレたら終わる。
Touka Kirihara
桐原灯佳
2
著 扇風気
絵 こむぴ
Maworu Senpuki
& Komupi presents.

「先生に、お伝えしたいことがあって」
学校での灯佳 School Mode

家での灯佳 Private Mode
「お兄さん、かゆいところはないですかー」

元カレに送る自撮り
Appeal to Ex-Boyfriend

「……ちょっと癒やしになった？」
Yuzuka Takagami
高神柚香

文化祭の中、密室で……
Behind the Festival……

「可愛いもんね、この服。

『御主人様、ご奉仕します……』

とか言われてみたい？」

「……ノーコメント」

「御主人様、失礼しますね」

「んふふ、先生、顔が赤いよ？」

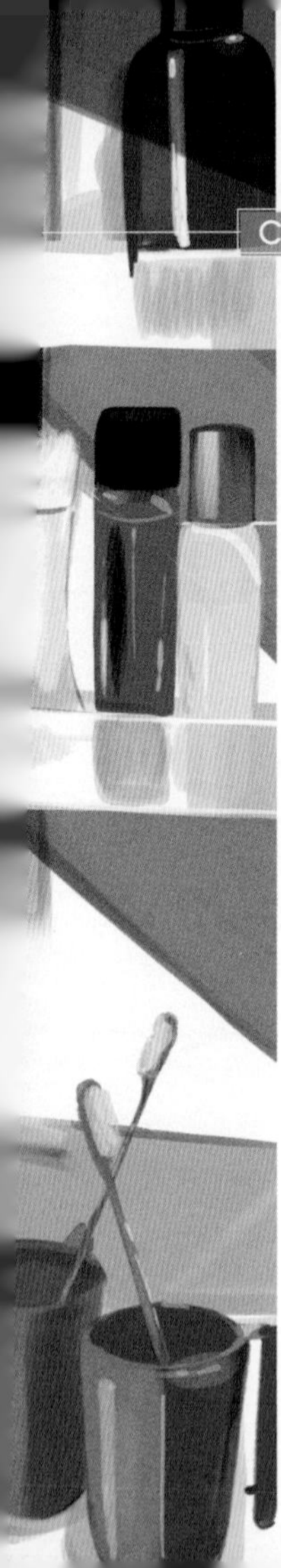

Volume.02

Contents

Oshiego to kiss wo suru.
Baretara owaru.

Presented by
Mawaru senpuki
& Komupi

教え子とキスをする。

バレたら終わる。

2

著 扇風気 周

絵 こむぴ

Mawaru Senpuki
& Komupi presents.

0．高神柚香《たかがみゆずか》・好きな瞬間《しゅんかん》（旧）：呪《のろ》いをかけるとき

俺とユズが顔見知りから親密な関係になったのは、大学時代——二回生の秋ごろだった。

あの日、俺たちは大学の近くにある居酒屋で同じテーブルについていた。合コンの席だ。俺にとっては人生初の経験。俺はいわゆる『大学デビュー』組で、高校までは目立たない存在で、オシャレにも気を遣《つか》っていなかった。

大学の入学式前に美容院で流行《はや》りの髪型《かみがた》にしてもらい、服もほぼ全てそれっぽいものに入《い》れ替《か》えた。

見た目はそれなりに整えたけど、生来のコミュ力の低さは、意識や憧《あこが》れ程度ではどうにもならない。

生真面目《きまじめ》と評される性分《しょうぶん》も相まって、華《はな》やかな場にはまぁ、縁《えん》がなかった。

だけど、あの日は違《ちが》った。

同じ講義を受講している顔見知りが、「普段《ふだん》、ノートを貸してくれるお礼に」と俺を合コンに誘《さそ》ってくれた。振《ふ》り返《かえ》れば単なる人数合わせだったけど、当日は、やっぱりワクワクしていたのを覚えている。

集まったメンバーは同じ大学の同期生たちだ。

顔は知っているけど話したことはない、くらいの距離感《きょりかん》の奴《やつ》がたくさんいる。

席順は、男女が向かい合うように配置されていた。

俺は、テーブルの端《はし》。

ユズは、女性陣《じん》のド真ん中。

一番通路側に近かった俺が、呼び出した店員に全員分のオーダーを伝える。

ドリンクが来るまでの間に、定番（？）の自己紹介《しょうかい》が始まった。

名前と学部、趣味《しゅみ》を言う程度の簡単なやつだ。

特に趣味《しゅみ》らしい趣味《しゅみ》がなかった俺は「自分に合うものを探している最中です」と告げる。

俺を誘《さそ》った顔見知りが「まじめーっ！」と叫《さけ》んだのをよく覚えている。

「こういう場では、ちょっと背伸《せの》びしてそれっぽいこと言うもんだぜー。あ、ちなみにこいつのことみんな知ってる？」

はい、と手を挙げたのはユズだった。

「知ってる知ってる。いつも前の方に座って、真面目にノート取ってるでしょ。テスト前になると大人気」

他の女の子たちも、似たような感じで俺を認識《にんしき》してくれていた。

それ自体も嬉《うれ》しかったけど、ユズに見られていると知った俺は、それだけで少しドキドキしていた。

ユズ――高神柚香《たかがみゆずか》は、有名人だったから。

美人で、明るくて、性格も良くて……色っぽい。

俺にとっては高嶺《たかね》の花で、仲良くなろうなんて最初から思っていなかったけど、ユズに自分を知ってもらえたことは単純に嬉《うれ》しかった。

でも、俺が合コンの場で目立てたのは、それが最後。

宴会《えんかい》慣れしている連中は積極的に目当ての女子に絡《から》むし、明るく笑わせる。

女性陣《じん》も相づちを打つだけの俺より、話題をどんどん提供してくれる奴《やつ》を当然、好む。

俺はみんなのグラスを空にしないように注文を聞いたり、適当にツマミを頼《たの》んでいた。

「あれ、銀《ぎん》。お前、もう酒飲まないの？」

「一杯《ぱい》以上飲むと、ダメなんだ」

俺を誘《さそ》った顔見知りの男は、大して仲が良《い》いわけでもないのに、俺を下の名前で呼ぶ。

ひとによっては不快かもしれないが、俺自身はこれくらいの図々《ずうずう》しさがある方がありがたい。

それくらい、当時の俺は他人との距離《きより》を詰《つ》めるのが苦手だった。

「…………」

「……？」

ふと視線を感じてテーブルの方を見ると、ユズが俺を見ていた。

目が合うと、ユズは微笑《ほほえ》んでくれた。

女性の視線に免疫《めんえき》がなかった俺は、それだけでめちゃくちゃドキドキする。

──なんで俺を？　という戸惑《とまど》いもあったけど。

そんな一幕もありつつ、飲み会は続く。

後半になるとみんな酔《よ》いも回り、話《はな》し振《ぶ》りや話題に遠慮《えんりょ》がなくなっていく。

そんな中、男性陣《じん》からこんな声が上がった。

「なぁ、柚香《ゆずか》。今日は誰《だれ》の家に泊《と》まるんだ？」

んっ？　とユズは小首を傾《かし》げる。

「とぼけるなよー。今日は誰《だれ》と寝《ね》る気分か、って話！」

けっこう切り込んだ話題だけど、俺以外の参加者は男女問わず、笑っていた。

そして、ユズも怒《おこ》ることなく、笑って「ん～」と悩《なや》む。

「みんなおいしそうだし、気持ちよくしてくれそうだから悩《なや》んじゃうね～」

これが、ユズの人気の理由だった。美人で明るくて、性格も良くて、何よりノリが良くて色っぽい女性なんだけど、それ以上に、ユズは『色事が大好きな奔放《ほんぽう》な人物』として有名だった。

曰《いわ》く、付き合う前に寝《ね》るのは全然アリ。

「だって、シてみないと相性《あいしょう》なんてわからないじゃん？　ナマでしたがる男は論外だけど、ちゃんと避妊《ひにん》してくれる男と寝《ね》てみるのは、一種のコミュニケーションツールでしょ。それも、すっごい優秀《ゆうしゅう》な手段。性格も人生経験も全部出るし」

ひとによっては嫌悪《けんお》、軽蔑《けいべつ》しそうな物言いだが、あまりにユズが堂々と言うものだから、「確かに一理ある」と受け入れられたのだとか。

それに加えて、ユズは規格外のコミュ力モンスターだった。

好奇《こうき》心旺盛《しんおうせい》で色々なサークルに顔を出すが、どのサークルでも男女問わず、あっという間に人気を獲得《かくとく》する。

しかも、ユズを支持するのは男性だけではない。女性も、その魅力《みりょく》に惑《まど》わされる。

ユズ自身が「あ、ちなみにあたし、女の子も好き。寝《ね》るのも全然アリ」というスタンスなのがこれまた猛威《もうい》を振《ふ》るう。

そんなだから、ユズが顔を出したいくつかのサークルは、残念ながらユズによって崩壊《ほうかい》してしまったのだとか。

男も女もユズに夢中になって、ユズの取り合いが発生して――という流れだ。

別次元のサークルクラッシャー。魔性《ましょう》の女であるユズは『災害女子』として学内に名を馳《は》せている。同時に、『気が向けば抱《だ》かせてくれる女子』として男性陣《じん》に大人気だ。

だから今日も、酔《よ》った男性陣《じん》は合コンの席でユズに期待を送る。

俺以外のみんなは、ニヤニヤしながらユズの次の言葉を待っている。

そんな中、ユズは明るく言った。

「期待してもらってるところ悪いんだけど、あたし、今日はデキない日なんだ。ごめんねっ」

ええ～っ、と男性陣《じん》から不満の声が、女性陣《じん》からは笑いが起きた。

「そんな日に合コンに来るんじゃねぇよ～……」

男たちは心底、残念そうだ。

一方、俺は少しホッとしていた。

下ネタは苦手だった。ひとりだけ酔《よ》いが浅いせいなのもあるだろうけど、さっきまでの異様な雰囲気《ふんいき》は居心地《いごこち》が悪かったんだ。

ユズにその気がないとわかった男共は他の女子たちに矛先《ほこさき》を変えるけど、時間が足りない。

店からラストオーダーの案内が来て、合コンはお開きとなった。

ところが、俺とユズの夜は、そこで終わらなかった。

全員から金を集めて会計を済ませたあと、ユズは「ねぇねぇ」と俺の服の裾《すそ》をクイクイっと引っ張ってきた。

「羽島《はしま》くんさ、悪いんだけど、家まで送っていってくれない？」

「えっ……俺？」

「うん。みんな酔《よ》っ払《ぱら》っちゃってるけど、キミは違《ちが》うでしょ？　近くだから、お願い」

そんなわけで解散後、俺とユズは夜道を歩く。

道すがら、ユズは緊張《きんちょう》する俺に何かと話題を振《ふ》ってくれた。

「今日はありがとねー。羽島《はしま》くん、ずっとみんなのお世話してくれてたでしょ」

「いや、それ、たまたまで……通路側の席だったし」

「だからって、なかなかできることじゃないよ。おかげでみんな、楽しく飲み食いできたんじゃないかな。あ、そうそう。羽島《はしま》くんが頼《たの》んでくれたジャガポテ、超《ちょう》おいしかった！」

明るい声で、にこやかに他人の良《い》いところをずっと言ってくれる。

——だから、高神《たかがみ》さんは人気者なんだろう。

素直《すなお》に、そう感じた。

「友達からは銀《ぎん》って呼ばれてるの？」

「付き合いの長い奴《やつ》は、そう呼んでくることが多いかな」

「いい名前だよね。すごく呼びやすい。あたしも銀《ぎん》って呼んでいい？」

ユズは口下手な俺に構うことなく、どんどん距離《きょり》を詰《つ》めてくれる。

断る理由は特になかった。人気者に名前で呼んでもらえて、悪い気分になるはずがなかった。

「銀《ぎん》、さっきから胸に少し視線を感じますけど？」

「……ごめん」

ユズは、ショルダーバッグの肩紐《かたひも》を斜《なな》め掛《が》けにしていた。そのせいで、どうしても胸が目立つ。

大きさもちょうどよさそうで、形が良《い》い。ついつい目が向いてしまっていた。

「ふふっ、いいけどね。目立つようにバッグ提《さ》げているあたしも悪いんだし。パイスラって言うんだっけこれ？　女友達に『あざといからやめなよ』って言われるんだけどさー、こうしておかないと、鞄《かばん》がいっつもどっかにいっちゃうの。参っちゃうよね」

話題はやっぱり際《きわ》どいけど、ユズが言うと不快感はなかった。

大したものだ、と俺は心中で感心していた。

「あ、ここ。あたしの家」

ユズが指差したのは、学生向けに作られたワンルームのマンションだった。

「一人暮らしなんだ」

「そか。……じゃあ、俺はこれで」

「待った」

ユズは俺の前に回り込む。距離《きょり》が近かった。俺より背が低いから、ユズは自然と上目遣《うわめづか》いになる。悪そうに、楽しそうに笑った。

「ちょっと上がっていってよ。……ねっ？」

酔《よ》いが軽く回っているせいか、瞳《ひとみ》が薄《うす》く潤《うる》んで、頬《ほお》も赤く、色っぽい。

「ほら、いこいこ」

返事に戸惑《とまど》っている間に、ユズは俺の背中を押して、俺を部屋へ押し込んでしまう。

家に入ったユズは鞄《かばん》を適当なところに置いて、室内へ進んでいく。

……お邪魔《じゃま》します、と小声で呟《つぶや》いて、後に続く。

もちろん、女性の部屋に入るのは初めてだった。

ユズは、壁際《かべぎわ》に設置しているシングルベッドに腰掛《こしか》けて、俺に微笑《ほほえ》みかける。

所在なく棒立ちになっている俺を、隣《となり》に座らせた。

「急に誘《さそ》ってごめんね。……一応確認《かくにん》だけど、あたしの噂《うわさ》、知ってる？」

「……知ってる」

「それなら、話が早いね。今夜は銀《ぎん》がいいんだけど、いい？」

「でも、今日は、デキないんじゃ？」

「んふふ。ひとつ教えてあげる、銀《ぎん》」

ユズは俺の頬《ほお》を撫《な》でて、色気たっぷりに微笑《ほほえ》んだ。

「女の子はね……上手に嘘《うそ》をつく生き物なんだよ」

そう言って、ユズは静かに、形が整った薄《うす》い唇《くちびる》を重ねてきた。

そしてすぐに、舌先を伸《の》ばして俺の唇《くちびる》を割ってくる。

驚《おどろ》いた俺は、慌《あわ》てて顔を離《はな》してしまった。

「ごめん。初めてで……」

「知ってる。そんな感じ、してたから。……でも、あたしとシてみたいでしょ？」

何もかもお見通しのユズは、自分の服の中に両腕《りょううで》を入れる。そのまま器用に下着を外して、するりと服の中から抜《ぬ》き取《と》った。

レースのついたピンク色の可愛《かわい》らしい下着をベッドに放り投げて、くいっと胸を張る。

さっき、歩いている途中《とちゅう》に気になっていた胸を突《つ》き出《だ》されて、俺は赤面する。

「痛くしないなら触《さわ》っていいよ。あたしの気持ちいいとこ、探してみて？」

緊張《きんちょう》はしたけど、手が震《ふる》えたりはしなかった。指で軽く押してみると、服の上からでも弾《だん》力《りょく》があった。不思議な感触《かんしょく》だった。初めて触《さわ》るけど、いくら触《さわ》っても、一生飽《あ》きることはないだろうという妙《みょう》な確信がある。

「惜《お》しい。少しハズレ……んっ」

指を動かして、硬《かた》いところを見つける。ユズは、ほうっ……と、緩《ゆる》く息を吐《は》き出《だ》した。

「そこ。正解。ふふ」

それから、ユズの反応を見ながら夢中で胸に指を這《は》わせた。撫《な》でてみたり、軽く揉《も》んでみたり、さっき見つけた突起《とっき》を軽く摘《つ》まんでみたり、つついてみたり……。

ユズは、そんな俺にずっと優《やさ》しい視線を向けていた。余裕《よゆう》のある笑《え》みを絶やさなかった。

でも、時折「んっ……」と声を上げて、切なそうに一瞬《いっしゅん》だけ眉《まゆ》を寄せたりもした。

初めて体験する興奮が、そこにあった。

いま思えば、あれは……征服感《せいふくかん》だったんだろう。

キスをしながら胸を撫《な》でると、ユズは「んっ……」と悩《なや》ましげに喉《のど》を鳴らす。

互《たが》いに背中に腕《うで》を回して、身体《からだ》を密着させる。異性の肌《はだ》がすぐそばにあることがとてつもなく心地《ここち》が良《い》いと俺が知ったのは、そのときだった。

不慣れながら、舌を絡《から》める濃厚《のうこう》なキスを交《か》わす。

息苦しくなって中断すると、ユズは熱っぽい表情で見つめてきた。すると、俺の頭を撫《な》でながら、こんなことを言ってきた。

「ねぇ、銀《ぎん》……あたしね、初めてのひととするの大好きなんだ。大好物なんだよね。だって、可愛《かわい》いんだもん。でも、フェアじゃないから、ここから先をする前に確認《かくにん》しておくね」

ユズはそのまま続ける。

「男の子はね、初めての女を絶対に忘れないらしいんだ。それって、女の子にとっては名誉《めいよ》で光栄なことだけど、男の子にとっては一歩間違《まちが》えると呪《のろ》いになる――と、あたしは思ってる」

ユズはそこで、初めて不安そうな顔を見せた。

小声で、囁《ささや》いてくる。

「……あたしでいい？」

言外に、イイ子じゃない自分でもいいか、というニュアンスが感じ取れた。

でも、俺の答えはすぐに決まった。即答《そくとう》に近かったと思う。

「今さら、止まれない。……っていうか、この状況《じょうきょう》で言うの、ずるいだろ」

えへっ、とユズは明るく笑った。

「だよねぇーっ！　それはほんと、ごめんっ！」

ユズは俺の両頰《りょうほお》に手を添《そ》えて、再びキスをしてきた。

ファーストキスと同じく、舌先が割って入ってくる。俺はそれを黙《だま》って受け入れる。

しばらく、互《たが》いに唇《くちびる》を吸い合う行為《こうい》が続いた。

ちゅぱっ、という音と唾液《だえき》の糸を残して顔を離《はな》す。ユズは恍惚《こうこつ》とした様子で、俺に告げた。

「選んでくれてありがと。……期待してね。すっっごく気持ちよくしてあげるから」

＊＊＊

当時のユズは奔放《ほんぽう》な言動が目立つ女子だったけど、期待には応えるひとだった。

ユズは宣言通りに、期待以上の快楽を刻み込んでくれた。

女性と繫《つな》がる悦《よろこ》びを教えてくれた。

あの夜を、俺はおそらく生涯《しょうがい》忘れない。

……ユズと俺が正式に恋仲《こいなか》となるのは、もうちょっと先のことだ。

大学生活の終盤《しゅうばん》に別れたあとも、俺たちの繋《つな》がりは途切《とぎ》れなかった。

色々と事情があって別れてしまったけど、終わったあとも『いい恋愛《れんあい》だった』と言い合えるくらい、俺たちは良《い》い関係にあった。

だからだろう。

別れるとき、ユズは微笑《ほほえ》みながら、こんな提案をしてきた。

「三十歳くらいになってお互《たが》い相手がいなかったら、結婚《けっこん》しよっか」

ユズはみんなに人気の、魅力的《みりょくてき》な女性だ。

そんなユズに相手がいない未来なんて、まったく想像できなかった。

俺と上手に別れるための、都合のいい、優《やさ》しい嘘《うそ》の可能性が高い。

でも、ユズはそういう奴《やつ》だから。

恩人でもあるし、悪い気はしなかった。

「わかった。いいよ」

——と言いつつ、ユズに素敵《すてき》な相手ができたときに傷付かないよう、本気には取らなかった。

でも、連絡《れんらく》を返し続けたのは、もしかすると——未《いま》だに心のどこかで、ユズを大事に想《おも》っていたからなのかもしれない。

1. 高神柚香《たかがみゆずか》・人生における後悔《こうかい》：失恋《しつれん》

そして今、高神柚香《たかがみゆずか》は——ユズは、再び俺の前に現れた。

「今日、泊《と》めてくれない？　いいよね？」

茶目っ気たっぷりに両手を合わせたポーズ。それに笑顔《えがお》を添《そ》えて、おねだりしてくる。

その様子は、昔とまったく変わらない。

でも、俺は違《ちが》う。

ユズのことは悪く思っていないけど、今の俺には桐原《きりはら》がいる。

「ダメだ」

「えっ!?　うそぉっ!?　ダメなの!?」

ユズは目を丸くしながら、両手を大きく広げて驚《おどろ》きをアピールする。

絵に描《か》いたような、外国人を彷彿《ほうふつ》とさせるオーバーリアクションだ。

「当たり前だ。逆に、なんでイケると思った？」

「だって、銀《ぎん》とあたしの仲だし……今、彼女いないでしょ？」

内心、ウッと言葉に詰《つ》まる。

俺には桐原《きりはら》がいるが、桐原《きりはら》と俺の関係はもちろん、公《おおやけ》にはできない。

バレたら俺たちの関係も、俺たちの人生も終わりだ。また桐原《きりはら》を悲しませることになる。

それに加えて、ユズは他人の懐《ふところ》に入り込むのが天才的にうまい。好奇心《こうきしん》も強い。少しでも話せば、根掘《ねほ》り葉掘《はほ》り聞き出そうとするのも簡単に予想がつく。

そんな奴《やつ》が相手なんだ。俺に今、恋人《こいびと》がいることも隠《かく》した方がいい。

桐原《きりはら》のためにも。自分のためにも。

今はどうにかして、違《ちが》う理由でユズを帰さないといけない。

「彼女がいなくても、一人暮らしの男の家だぞ？　彼氏《かれし》がいる奴《やつ》を簡単に家に上げられるわけないだろう？」

「それなら、なーんも問題ないよ。もう別れてきたし」

「え……別れた？」

「うん。ほら……」

言いながら、ユズはショルダーバッグからスマホを取り出す。

画面を俺に見せようとする動作の途中《とちゅう》、あっ！　と叫《さけ》んだ。

「無理だ！　スマホの充電《じゅうでん》、切れてるんだった。証拠《しょうこ》メッセージ、見せられないじゃん！」

嘘《うそ》をついている気配はない。仮に嘘《うそ》だとしても、充電《じゅうでん》して電源がつけば一瞬《いっしゅん》でバレる。

おそらく、本当に別れてきたんだろう。

「今の彼氏《かれし》とは、結婚《けっこん》前提で同棲《どうせい》してたんだよな？」

「彼氏《かれし》じゃないの！　もう、元カレ！　……同棲《どうせい》の話はイエス」

「なのに、別れて、しかも家を追い出された？　……展開、早すぎだろ。なんでそんなにこじれたんだ」

「それは……話したいし、聞いてもらいたいけど、ここ、外だし……」

「………………」

もう、夜も遅《おそ》い。外で話していると近所迷惑《めいわく》にもなるだろう。

そんな時間に薄着《うすぎ》のまま、しかもスマホの充電《じゅうでん》が切れている状態で放り出すのは、さすがに心配だ。何かあった場合、後味が悪い。一生、後悔《こうかい》するだろう。

「……泊《と》めるのは無理だけど、とりあえず家には入れる」

途端《とたん》、しおれていたユズの表情がパァアッと明るくなった。

「ありがとっ！」

相変わらず、ずるい。

結局、家にも入れることになってしまった。本当にユズは、ユズのまま変わっていない。

「ところでユズ。お前、いつから俺を待ってたんだ？」

「んっ？　えーと……夕方くらいにここへ着いてから、ずっと？」

「はぁっ⁉」

思わず、家の鍵《かぎ》を開ける前にスマホで時間を確認《かくにん》してしまった。

今は夜の十時だ。四時間近く、待ち続けていた計算になる。

「自分でもびっくり。考え事しながら待っていたら、いつの間にか、だったね」

「なんで連絡《れんらく》しなかった？」

「だから、スマホの充電《じゅうでん》切れちゃってたんだよぅ」

「……そうか」

考え事をしていたとはいえ、さすがに四時間は異常だ。

それくらい物思いにふけってしまうほど、何かあったのかもしれない。

鍵《かぎ》を開けながら、放り出さなくてよかったと少し安堵《あんど》する。


「わーっ、銀《ぎん》の部屋だーっ！」

家に上げると、ユズは疲《つか》れの色をまったく見せずにはしゃぎ始めた。

「大学のときの部屋に間取りが似てるね。家具の置き方もそっくり……合わせたの？」

「そういうわけじゃないけど……」

「あ、この部屋着、まだ使ってたんだ」

次から次へ細かい何かを見つけては、目を輝《かがや》かせる。

俺の方へ振《ふ》り返《かえ》って、ユズは屈託《くったく》なく笑う。

「変わんないね、銀《ぎん》」

「そう言うユズもな。……鞄《かばん》の持ち方、昔とおんなじだ」

ショルダーバッグの紐《ひも》を斜《なな》めに掛《か》けて、鞄《かばん》を提《さ》げている。

俺の指摘《してき》に気が付いたユズはちらりと自分の身体《からだ》に視線を下向けたあと、両手で前を隠《かく》す。

「やんっ。エッチ」

恥《は》ずかしそうだが、嬉《うれ》しそうでもある。

「そういう意味じゃない」

「どうかなー。銀《ぎん》はむっつりだし、野獣《やじゅう》だからなぁ」

「…………」

変に反応するとからかわれるので、あえて無視する。

桐原《きりはら》の家で使うお泊《と》まりセットが入ったリュックサックを適当なところに放り投げて、冷蔵庫から飲み物を取ってくる。

「水でいいか？」

「うん。ありがと」

ユズも鞄《かばん》を床《ゆか》に置いて、適当に腰《こし》を下ろした。

ぺたんと座るユズは、ふぅ、と小さくため息をついた。

「……明るくしてるけど、やっぱり疲《つか》れているし、落ち込んでるんだな」

「わかるの？」

「……長い付き合いだし」

「そうだね！　……いつも連絡《れんらく》返してくれて、ありがとう」

別れたあとも数年続いた、メッセージのやり取りのことを言っているんだろう。

用意したコップに水を注いで、本題に入る。

「先に言っておくけど、泊《と》めないからな？」

「そんなーっ⁉　冷たいっ！」

「でも、話くらいは聞いてやる。何があったんだ？」

「んっとぉ……あれ？　あたし、銀《ぎん》に元カレのこと、どこまで話してたっけ？」

「結婚《けっこん》前提で同棲《どうせい》を始めたって話以外だと……お相手は同じ会社に勤める同僚《どうりょう》。営業部の若手で、期待のエース、だったか？」

ちなみに、ユズはその会社で受付業務をしている。

名の通った企業《きぎょう》だ。一流と言ってもいい。

そこで期待の若手と呼ばれるような男なんだから、悪い相手ではないはずだけど……。

「そうそう。直属の上司、上層部のおじさん、後輩《こうはい》にも慕《した》われる明るいひとだったんだよ。社内の交流会でバーベキューやったときに『前から気になってました』みたいなこと言われて、何回か会社の外でお茶して、向こうから告白されて……半年くらい付き合ったあと、あたしが家の賃貸契約《ちんたいけいやく》切れるタイミングで、同棲《どうせい》しないか、って言われたんだよね」

「さすがのあたしも、どうしようかな〜って返事を渋《しぶ》ってたんだけど、迷っている間に元カレが飲みの席で『結婚《けっこん》前提で同棲《どうせい》しないかって伝えたんです』って、漏《も》らしちゃってさ」

黙《だま》って聞いていたが、内心、俺はユズの元カレに感心していた。

もしも、飲みの席で漏《も》らしたのが外堀《そとぼり》を埋《う》めるための計画的行動だったら、大したものだ。狙《ねら》った女性を落とす行動としても無駄《むだ》がないんだけど、それ以上に、『ユズを落とす』ならこれを上回る手はない。

基本、ユズは空気を壊《こわ》す行動を嫌《いや》がるからだ。

会ったことがない人物だから真偽《しんぎ》はわからないが、それくらい、ユズのことを理解していたのだとしたら……有力な企業《きぎょう》で期待の若手と言われるのも納得《なっとく》の手際《てぎわ》だ。

「そんな話を漏《も》らすとさ、やっぱり広まるし、噂《うわさ》になるし、注目されるじゃん？　断ったら角が立つし、会社でやりにくくなるの、嫌《いや》だし……まぁしょうがないか、って、『結婚《けっこん》をＯＫするわけじゃないけど、お試《ため》しで』って同棲《どうせい》を始めたわけ。それが三ヶ月前の話」

「なるほど。ノリノリで一緒《いっしょ》に住み始めたわけじゃなかったんだな」

「うん……でも、住んでみないとわからないこともあるかなぁって。……良《い》いところも、悪いところも」

「ほぅ……」

さすが営業部のホープ。話の流れがスマートだ。

「それは、そうだ」

だからこそ、俺は桐原《きりはら》を大事に想《おも》っている部分はある。

ほぼ半年間、けっこう長く一緒《いっしょ》にいて、部屋に泊《と》まったりもしているが、嫌《いや》な気分になったことはほとんどない。

……まぁ、ユズとも、そうだったんだけど。

「そもそも、付き合い始めたときも、あたしから惹《ひ》かれて〜ってわけではなかったんだよね。告白されたから考え始めた感じでさ……まぁ、銀《ぎん》によく似て、食事のマナーも綺麗《きれい》だったし、店員さんとかにも横柄《おうへい》にしないし、ひとまず付き合ってみる分にはいいか、って」

その言葉を受けて、俺は別の角度でまた感心する。

大学時代に「男と寝《ね》るのはコミュニケーションのひとつ」と宣言していたころを思えば、ユズもずいぶんと落ち着いたものだ。あのときのユズは、やはり危なっかしかった。

「今までの話を聞いている分には、悪い相手には思えないけどな。ちょっと強引《ごういん》な部分はあるけど。どうして、いきなり家を追い出されるような展開になるんだ？」

「……一緒《いっしょ》に住み始めたころは特にどうってことなかったんだけど、一ヶ月前に元カレが昇《しょう》進《しん》してから、ちょっと変わったんだよ」

ユズが言うには、複数人の部下を持つようになってから、家での態度が変化してしまったらしい。

「明らかに、家の中で愚痴《ぐち》を言う回数が増えたんだよね……お酒を飲み始めたら止まらないの。職場ではすごくいい顔するんだけど、上司と同僚《どうりょう》、部下の愚痴《ぐち》がずーっとノンストップ。最初は、昇進《しょうしん》したばかりのストレスなんだろうなって思って、晩酌《ばんしゃく》しながら付き合ってたんだけどさぁ……」

それがここ二週間は平日、休日問わず毎日続き、愚痴《ぐち》は暴言にエスカレート。

「もうさ、言葉もどんどん汚《きたな》くなって。人格否定に近いことまで言い出したんだよ。さすがにどうかなと思ったの」

ユズは気を遣《つか》いつつ、やんわりと指摘《してき》したらしい。

「疲《つか》れるだろうし、大変なのはわかるけど、あまりよくないよ。もったいないよ、って」

俺の感覚では、ユズがそういうことを言うのは珍《めずら》しい。

事実、彼氏《かれし》に対しては初めての反抗《はんこう》だったらしい。

すると、こんなことを言われたそうだ。

――え。俺に説教するつもり？　お前、そういうキャラじゃないだろ？

「あぁ～……」

それは、確かにダメだ。

ユズ以外に言ってもアウトなのは間違《まちが》いないけど、ユズに対してそれは、絶対にダメだ。

キャラの押しつけは、ユズにとって最悪のＮＧワードだ。

「それ言われたら、ユズも怒《おこ》るよな……で、言い合いになった？」

「うん。もうさ、頭きちゃって。そこから大喧嘩《おおげんか》。同僚《どうりょう》に向いていた暴言があたしにも飛んできたから、売り言葉に買い言葉。……あたしからは、汚《きたな》い言葉は言わなかったけど。喧嘩《けんか》だけで済んでたら、家を飛び出すまではいかなかったんだろうけどなぁ……」

「……？　他に、何かあったのか？」

「スマホ、壊《こわ》された」

「へ？　でも、さっき持ってたやつ……」

「あれは機種変前のスマホ。通話できないだけで、Ｗｉ‐Ｆｉがあったらネットもアプリも使えるし、緊急用《きんきゅうよう》に残してたの。バッテリーへたってるけどね」

「口喧嘩《くちげんか》の最中、ブチギレた彼氏《かれし》はテーブルに置いてあったユズのスマホを踏《ふ》み潰《つぶ》したそうだ。

「しかもさ、びっくりして固まってるあたしに、壊《こわ》れたスマホぶん投げてきたんだよ？　ひどくない？」

「……投げられた？　スマホを？」

「うん。顔面狙《ねら》いで。腕《うで》でガードしたから、よかったんだけどさぁ……」

「怪我《けが》は っ!?」

「え。いや、まだちょっと、痛いけど……」

「見せてみろ」

はい、とユズは素直《すなお》に右腕《みぎうで》を差し出す。

よく見ると、青あざになっている。

「………」

「銀《ぎん》？」

「……冷やすもの、持ってくる」

席を立ちながら、俺は考えをあらためる。

さっきは感心したけど見込み違《ちが》いだった。ひとに物を投げるなんて最低だ。

それも、女性に。

……しかも、ユズ相手に。

保冷剤《ざい》を手にして部屋に戻《もど》ると、ユズは不安そうにしていた。

「……銀《ぎん》、怒《おこ》ってるの？」

「………」

「あたしのせい？」

「違《ちが》う」

「……そっか」

ユズは、安心したように力を抜《ぬ》く。

長い付き合いだから、短い返事でも俺が考えていることは伝わったらしい。

「まだ、あたしのために怒《おこ》ってくれるんだね。すごく嬉《うれ》しいよ」

あざになっている箇所に保冷剤《ざい》を当てながら、ユズは照れている。

「スマホ投げられて、家を飛び出してきたのか？」

「うん。一線、越《こ》えられたなぁと思って。予備のスマホと通帳、印鑑《いんかん》、財布《さいふ》だけバッグに入れて、着の身着のまま、飛び出してきた」

「正解だな。……警察沙汰《ざた》にならなくてよかったよ」

「あはは。ほんとにね。……でも、頼《たよ》るとこなくてさ、気が付いたら銀《ぎん》の住所をメモした紙を見ながら、走っちゃってた。ごめんねぇ」

「いや……」

「変な男に引《ひ》っ掛《か》かっちゃったあたしも悪いよね」

「それは、しょうがないだろ。人間、誰《だれ》だって裏表あるし。気付けるもんじゃない。さっき、ユズも自分で言ってただろ？」

これは、経験則だ。

俺も、桐原《きりはら》本人からアプローチがなければ、あいつの本当の姿に絶対気が付けなかった自信がある。……ユズの素顔《すがお》だって、そうだ。

「……銀《ぎん》は、本当に変わってないね」

「なんだよ、急に」

「素直《すなお》な感想だよ。久しぶりに会ったけど、やっぱいい男だよ。数時間前に元カレと大喧嘩《おおげんか》したばかりだから、余計にそう思う」

ユズは嬉《うれ》しそうに、上目遣《うわめづか》いで俺に微笑《ほほえ》む。

……色っぽい仕草も、付き合っていたころから変わっていない。

「昔から、あたしが傷付いていると優《やさ》しくしてくれたよね。それでいて、ダメなところがあったら、ちゃんと叱《しか》ってくれる。……だから、銀《ぎん》に『しょうがない』『気にしなくていい』って言われたら、あぁ、そっかぁ、大丈夫《だいじょうぶ》なんだぁ、って安心できるんだよ。先生になったのは絶対よかったと思う。向いてるよ」

「……自分ではよくわからないけどな」

桐原《きりはら》からも、似たようなことを言われたことがある。

……最近まで、ちゃんと叱《しか》れる相手はユズだけだったんだけどな。

「スマホの充電器《じゅうでんき》は持ってるのか？」

「あ、うん。コンセント借りていい？」

「どうぞ」

「ありがと。携帯《けいたい》ショップ行って、こっちで通話できるようにしないとな〜……」

ユズはウンウン唸《うな》りながら、いそいそとスマホの充電《じゆうでん》を始める。

「明日、会社はどうするんだ？」

「スマホが戻《もど》ったら休みの連絡《れんらく》入れるよ。服も、同棲《どうせい》していた家の鍵《かぎ》も置いてきちゃったから出勤できないし。……正直、笑顔《えがお》で仕事できる状態でもないしさ」

「まぁ、それはそうだな」

今は落ち着いて見えるけど、精神的なショックはあるだろう。

「……ユズ」

「なぁに？」

「さっき、泊《と》めるつもりはないって言ったけど——事情を考慮《こうりよ》して、一晩だけ、今夜だけ、家で寝《ね》ていい」

「ほんとっ⁉」

泊《と》めるつもりはないと言ったけど、さすがに、今の状態で放り出すのは酷《こく》だろう。

それに、ユズには学生時代に恩がある。……あと、負い目も。

ユズ以外の女性だったら、たとえ困っていても絶対にこんな対応はしない。

「ただし、泊《と》めるだけだ！　俺は明日仕事だから、悪いけどベッドは貸せない。床《ゆか》で寝《ね》てもらうことになる」

「わかった！　ありがとう！」

「あと、今日は無理でいいけど、明日、電話して彼氏《かれし》と話はちゃんとつけるんだ」

「話はもうついてるよ。双方《そうほう》同意の上、別れてる」

「……そうか。でも、服とか私物も家に置いてあるんだろ。その辺りの話も、ちゃんとつけるんだ。じゃないとお前、住む家もないだろ」

「……それは、そう。わかった」

「よし。……あと、泊《と》めるけど何もしない。意味、わかるな？」

「……ん、了解《りょうかい》」

絶対に一緒《いっしょ》には寝《ね》ない、という意味だ。

俺が知る限り、学生時代に俺と付き合い始めてからのユズは、奔放《ほんぽう》だったときのような男遊びをしていない。でも、俺と別れて、社会人になってからはわからない。

一応、線は引いておきたかった。

「約束だぞ」

「わかったってばぁ」

「よし。……シャワー浴びてくる。明日も早いから、さっさと寝《ね》たい」

「了解《りょうかい》」

無言で頷《うなず》き、脱衣所《だついじょ》へ向かう。

服を脱《ぬ》いで浴室へ入り、頭から湯を浴びながら、深くため息をつく。

（……桐原《きりはら》には、言えないよなぁ）

飲み会のあと、暮井《くれい》さんに少しひっつかれただけで、あの様子だったんだ。

ユズを泊《と》めたことがバレたら……激しく取り乱すだろう。

怒《おこ》るか泣くかはわからないけど、まず、普通《ふつう》ではいられないはずだ。

桐原《きりはら》への気まずさが先立ってくると、自分の行動に対する罪悪感と自己嫌悪《けんお》が手を繋《つな》いで押し寄せてくる。教え子との秘密だけでも危ないのに、なんで元カノを家に上げてしまったのか。

言い訳になるけど、やはりユズの才能なんだと思う。相変わらず、懐《ふところ》に入り込む天才だ。

うまく頼《たよ》られるうちに、いつの間にか——というのは、ユズに魅了《みりょう》されてきた人間たち全員に共通する想《おも》いだった。

——でも、今の俺は桐原《きりはら》だけだ。

浮気《うわき》なんてするつもりはないが、気が付いたら——なんてことにならないよう、気合いを入れ直す。

なぁに。手を差《さ》し伸《の》べるのは一晩だけだ。

今日だけ、間違《まちが》いが起こらないようにすれば……。

そう思った矢先、背後で音がした。

ん？　と振《ふ》り返《かえ》ると、とんでもないことになっていた。

「お邪魔《じゃま》しまーす」

裸《はだか》のユズが、扉《とびら》を開けて浴室に入ってきていた。

「何してんだっ!?」

「背中、流してあげようと思って」

「いらないいっ！　っていうか、さっき『何もしない』って約束したばかりだろうが！」

「えーっ!?　これもダメなの!?　ただ一緒《いっしょ》にお風呂《ふろ》入るだけじゃん！」

ダメだ。話にならない。

お湯を止めて、俺は風呂《ふろ》を出る。

「ちょっと、銀《ぎん》っ？」

バスタオルで手早く身体《からだ》を拭《ふ》いて、適当な服に着替《きが》える。

続けて、明日のスーツと、仕事道具が入ったビジネスバッグを引っ張り出す。

「……銀《ぎん》？」

まだ裸《はだか》のままなんだろう。おそるおそる、ユズが顔だけ出して、部屋を覗《のぞ》いてくる。

「俺は近くのホテルで寝《ね》る」

「えっ」

「明日、帰ってくるまでに決着をつけておいてくれ。……明日は、泊《と》めないからな」

「……怒《おこ》ってる？」

「当たり前だ！」

舌の根も乾《かわ》かぬうちに、約束を破られるとは思わなかった。

「ご、ごめんってばぁ！　そんなに怒《おこ》ると思ってなくて――」

「知らんっ！　……合鍵《あいかぎ》は下駄箱《げたばこ》の上に置いてある。家を出るときは使ってくれ」

後ろでユズが何か言っていたけど、無視して家を出た。


その後、駅近くのビジネスホテルで部屋を取り、シャワーを浴び直す。

寝《ね》る前にスマホを見ると、ユズからメッセージが届いていた。

『約束破ってごめんなさい。あたしが悪かったです』

顔文字、絵文字、スタンプを使用しない文章は、ユズが本気で悪いと思って謝っているときの文章だ。……そのメッセージを読んでからもしばらく怒《おこ》っていたけど、寝《ね》る前に、メッセージを返した。

『今晩は反省してください。ベッドの使用はご自由に。明日は残業せずに帰ります』

俺が敬語でメッセージを返すのは、『まだ怒《おこ》っているから、ほとぼりが冷めるまでそっとしておけ』のサインだ。たぶん、伝わるだろう。

「ったく……」

ベッドで大の字になっても、まだムカつきが収まらない。だが、その一方で、こうも思う。

「……ユズだから、しょうがないか」

相変わらず厄介《やっかい》な『災害女子』だけど、愛嬌《あいきょう》があって、どうしようもなく魅力的《みりょくてき》でもある。

昔の俺は、そんなユズが大好きだった。

「……男は初めての女を絶対に忘れない、か」

確かに、ユズの言う通りなのかもしれない。

事実、今、俺は桐原《きりはら》を大切にしたいと想《おも》っているのに、ユズを放っておけない。憎《にく》めない。

「確かに、呪《のろ》いみたいなもんかもな……」

ベッドに寝転《ねころ》がってホテルの天井《てんじょう》を見上げながら、俺はユズとの過去を思い出し始める。

＊＊＊

大学二回生の秋。

俺は合コンの席でユズと一緒《いっしょ》になり、ユズに『お持ち帰り』された。

俺にとっては人生の一大事で特別なイベントだったけど、当時のユズは性に奔放《ほんぽう》だったから、
ユズ視点では、あの夜は特別な時間ではなかった。

一線を越《こ》えたけど、まだ恋人《こいびと》同士にはならなかったんだ。

……だが、親密にならなかったわけでもない。

ユズは講義中に俺を見かけると声を掛《か》けてくれるようになったし、タイミングが合えば、連《れん》絡《らく》を取り合って一緒《いっしょ》に学食で昼食をとることもあった。

ユズに呼ばれて飲み会に行くこともあったから、交友関係もグッと増えたっけ。

そんな中、ユズは時折、俺を夜の相手に選んでくれることがあった。

「また、女の子の身体《からだ》のこと教えてあげる。銀《ぎん》とは相性《あいしょう》いいから、あたしも気持ちいーしね」

多いときは週に三回ほど呼ばれていたので、リップサービスではなかったはずだ。

ユズの身体《からだ》は、常に綺麗《きれい》だった。身体《からだ》の手入れを怠《おこた》らないせいか、いつもいい香りがしていたし、生命力に溢《あふ》れていた。

包み込むつもりで抱《だ》き締《し》めているのに、いつの間にか柔《やわ》らかい身体《からだ》に包み込まれている。心地《ここち》よさと安心感があった。

「そう、そこ……んっ。んふふ、上手だよ。そういうところも触《さわ》られると嬉《うれ》しいんだぁ」

「覚えててね、銀《ぎん》。女の子の身体《からだ》はねぇ、宝の山なんだよ」

「必ず気持ちいーとこあるから、いっぱい探してあげてね」

ユズは、俺とは本当に相性《あいしょう》がいいと言ってくれた。

俺はユズ以外を知らなかったけど、ユズとするのは楽しかったし、幸せだった。

「んあっ……？　ま、まって。なにそれ……あたしも、そんなところ、知らない……あッ……」

優位に立つユズの余裕《よゆう》を崩《くず》すのが楽しくて、教えられた以上のことをする場面もあった。

俺の前で乱れるのは不本意なのか、そういうのがあった日のあとは、いつもむくれていた。

「まっ、いいけどね。気持ちよかったし」

結局、最後はカラッとした様子で許してくれた。

そんな具合に仲良く夜を過ごす俺たちだったけど、四六時中べったりだったわけじゃない。

ユズは人気者だから、俺以外の男と寝《ね》ていたことも、あったように思う。（直接尋《たず》ねてはいないから、推測の域を出ないけど）

俺はユズの恋人《こいびと》ではないから、ユズを縛《しば》る権利はない。

その代わり、ユズが俺と過ごしたいと思ってくれる日は拒《こば》まない。

そんな関係を三ヶ月ほど続けているうちに、気付いたことがあった。

ユズや、ユズの友人たちの話を聞いたり、ユズに呼ばれて同じ飲み会に参加していくうちに気が付いたことだ。

ユズは、相手から望まれない限り、俺以外の男と過ごすことはない。

ユズが自分から連絡《れんらく》を取って会いに来るのは、どうやら俺だけだったらしい。

自分から積極的に、誰彼《だれかれ》構わず寝《ね》ていたわけではなかったんだ。

――ユズはよく笑うから気が付きにくいけど、注意深く見ると、わりと感情が表に出やすいタイプだ。一緒《いっしょ》にいる時間が長くなっていたから、俺は微妙《びみょう》な表情の変化で、なんとなくユズの考えを読み取れるようになっていた。

俺が思うに、ユズは、奔放《ほんぽう》なキャラを周囲から押し付けられていた。

『ナマでしないなら、寝《ね》るのはコミュニケーションツール』

『女の子も好き』

ユズのキャラを決定づけたこの辺りの発言は、元を辿《たど》ればユズの本心に間違《まち》いない。

でも、これが広まっていくうちに、周囲はユズに期待をするようになった。

――気が向けば、抱《だ》かせてくれる。

そんな剝《む》き出《だ》しの欲望を、ユズは常に向けられてしまった。

ユズは、そんな身勝手な想《おも》いに応えていただけ。

実は、気乗りしないまま男と寝《ね》ているときの方が圧倒的《あっとうてき》に多かったんだ。それでも、奔放《ほんぽう》だと思われていたユズは周囲から求められるキャラ通りに、みんなの期待に応え続けた。

少し、桐原《きりはら》の状況《じょうきょう》と似ている。桐原《きりはら》は「真面目なキャラ」を武器にした結果、周囲からそれを求められるようになった。ユズは、自分の性質以上の「奔放《ほんぽう》なキャラ」を周囲から求められ、押し付けられてしまった。

ユズは――人知れず、その状況《じょうきょう》に息苦しさを覚えていたんだと思う。おそらく、桐原《きりはら》よりも。

桐原《きりはら》と違《ちが》って、ユズは自分から、望んでそうなったわけではなかったから。

本当のユズは、ああ見えて繊細《せんさい》で、周りへの気遣《きづか》いを絶やさない奴《やつ》で、いつも空気を読んで、みんなが楽しめるように、笑えない話をされたときも笑っていた。

『高神柚香《たかがみゆずか》』という人間の根っこは、実のところ、誰《だれ》よりも真面目だったんだ。

そんな状態だったから、俺なんかのところに来ていたんだろう。

嫌《いや》なことがあると、ユズは突発的《とっぱってき》に、俺の部屋を訪ねてくるようになっていた。アポなしで来るから、部屋の掃除《そうじ》はサボれなかった。

……あの夜もそうだった。コンビニで買ってきた缶《かん》チューハイをたっぷり提《さ》げて、ユズが突《とつ》然《ぜん》、俺の部屋のチャイムを鳴らしたんだ。

「疲《つか》れたから、銀《ぎん》と飲みたくなっちゃった。あたしと意味のない、生産性のない時間を過ごしておくれよ、王子様」

俺は酒に弱くてあまり飲めなかったけど、ユズが来るといつも付き合った。

ユズはアルコールが入ると陽気になる俺を見てけらけら笑っていた。もはや思い出せないほど意味のない無駄話《むだばなし》を散々繰《く》り返《かえ》して、喋《しゃべ》ることがなくなって、眠《ねむ》くなったら……お開きだ。

「よし、寝《ね》るか！」

俺は酔《よ》っ払《ぱら》ったテンションで明るく言い放って、ベッドを適当に整える。ユズは、先に寝転《ねころ》がった俺の隣《となり》へ当然のように入ってくる。

暗い部屋で目を閉じていると、……ねぇ、と不安そうに尋《たず》ねられた。

「いつも思うけど、シなくていいの？」

そういえば、ユズが疲《つか》れて俺の部屋に来るときは、ただ寝《ね》るだけだった。

「あたしが部屋行くと、他はみんな、そういうの期待するのに」

「でも、ユズにだってそういう気分じゃないとき、あるだろ」

「……………」

「……？　ユズ？」

ユズはもぞもぞ動いて、服を脱《ぬ》ぐ。

全て脱《ぬ》ぎ去って裸《はだか》になったあと、俺の胸に耳を押し当てるようにくっついてきた。

「……すっごく勝手言って悪いんだけど、今日はこのまま寝《ね》たい」


翌朝。目が覚めると、ユズは俺の腕《うで》の中で、じっと俺の寝顔《ねがお》を見つめていた。

いつもと雰囲気《ふんいき》が違《ちが》った。

思《おも》い詰《つ》めた様子に戸惑《とまど》っていると、ユズは「話があるの」と静かに切り出してきた。

「あたし、たぶん、銀《ぎん》が好きなんだと思う。……ただ、あたし、今まで、特定のひとと長続きしたことないから、正直、自分の『好き』に自信がないの。でも、周りと今の自分の気持ちが合わなくて、ズレちゃってるなぁってなった瞬間《しゅんかん》、無性《むしょう》に、銀《ぎん》のところに帰りたくなる。銀《ぎん》は、あたしに銀《ぎん》を押し付けてこないから……あたしを、あたしに、リセットしてくれるんだ……」

別に誰《だれ》も責めていないのに、ユズはまるで、自分の罪を告げるみたいに話していた。

涙《なみだ》を溜《た》めて、今にも崩《くず》れそうで――あんなに自信がないユズを見るのは、初めてだった。

服もない。笑顔《えがお》も嘘《うそ》もない。誰《だれ》かの期待に応える必要なんて、もちろんない。

一糸まとわぬ、ありのままの、弱り切ったユズがそこにいた。

「昨日、裸《はだか》で隣《となり》にいるのに、やっぱり気遣《きづか》って抱《だ》かなかったでしょ、あれ、嬉《うれ》しかった。でも、もしかしたら、あたしのこと汚《きたな》いって思って抱《だ》かなかったのかなって、怖《こわ》い部分も……」

「待て待て。誰《だれ》がそんなこと言った。ユズのことを汚《きたな》いなんて、一度も思ったことない」

「……本当？　……あたしのこと、好き？」

「嫌《きら》いなわけない」

「……彼女にしたい、って思ってもらえたこと、ある？」

「何度もある。両手で、足りないくらい」

「……じゃあ、なんで言ってこなかったの？」

恥《は》じる気持ちはあったけど、ユズが先に自分をさらけ出してくれたから、言うしかなかった。

「ユズは、綺麗《きれい》で素敵《すてき》な女性だから、俺なんかにはもったいないって思ってた。付き合ってほしいって話なら、嬉《うれ》しい」

驚《おどろ》いたユズは目を大きく見開いた。そのせいで、涙《なみだ》が落ちた。

「で、でも、ひとつだけ。別に、ユズを疑っているわけじゃなくて……ユズが、えぇ、それはちょっと……っていうなら、話し合って決めるんだけど、付き合うなら、これだけは、できればお願いしたいというか……」

……何？　とユズが尋《たず》ね返してくる。

何を言われるのか、不安そうに。

その表情に追《お》い詰《つ》められて、俺は自分の情けないところをさらけ出した。

「……俺と付き合うなら、他のひととはもう、寝《ね》ないでほしい」

数秒間、部屋の中が静かになった。

意味を理解したユズはひとしきり笑ったあと、「バカだなぁ」と苦笑《くしょう》した。

「わかってるよ。そんなの、当たり前じゃん。あたし、今までだって彼氏《かれし》がいるときは遊んでないんだから。ちゃんとした恋人《こいびと》がいる相手とは寝《ね》てないし、既婚者《きこんしゃ》だって、絶対ＮＧ」

不安から解放されたのか、ユズはとても嬉《うれ》しそうだった。

反して、自分でもバカで失礼なことを言ったと思っている俺は、赤面していた。

「……ずっと、嫉妬《しっと》してたの？」

「まぁ、それなりに……」

何度、みっともなくすがってみようと考えたか。

「バカ。もっと早く言ってよ。そしたら、あたしも悩《なや》まずに済んだのに」

冗談《じょうだん》っぽく言ったあと、ユズはまたさっきの、悲しそうな顔に戻《もど》ってしまった。

「……ごめんね。ずっと、傷付けてたんだね。……よくなかったよ、ごめん。……あぁ、でも、ごめん。あたし、悪い女だ。銀《ぎん》がつらかったって聞いて……今、すごく、嬉《うれ》しい。ごめんね」

グズグズ泣きながら、ユズは俺を抱《だ》き締《し》めてくる。

「大好きだよ、銀《ぎん》──少なくとも、今この瞬間《しゅんかん》だけは、自信持って言える」

「他の男とは一ヶ月以上続いたことがない」と言っていたユズだったが、俺とは別れるまで、約一年半の間、ずっと一緒《いっしょ》にいた。

初めての恋人《こいびと》が、ユズでよかったと思う。

その考えはきっと、生涯《しょうがい》変わらないだろう。

＊＊＊

ユズが同棲《どうせい》していた元カレの家を追われて、転がり込んできた翌日の午前。

俺が勤務する森瓦《もりかわら》学園では、今年度最後のプール授業が行われていた。

保健体育を担当する教員が主導する授業なんだけど、複数クラスが参加することもあって、監視《かんし》役として俺と暮井《くれい》さんも駆《か》り出《だ》されていた。

「……夏休みが終わってるのに、プール授業なんですね」

「最近は残暑が厳しいから」

なるほど、と頷《うなず》きながら失礼にならない程度に暮井《くれい》さんの水着姿を見る。

教員は『常識の範囲内《はんい》』で自由に水着を選択《せんたく》することになっている。暮井《くれい》さんが着ているのはフィットネス水着と呼ばれるタイプのもので、パッと見だと、陸上競技のユニフォームと見分けがつかない。下半身もズボンの形になっている。（生徒たちと同じだ）

暮井《くれい》さんはその上にラッシュガードを羽織り、帽子《ぼうし》も被《かぶ》っていた。

「なるべく肌《はだ》を見せないのは紫外線《しがいせん》対策ですか？」

「そうよ。あと、こうしておかないと男子たちがじろじろ見てくるから」

……なるほど、と深く頷《うなず》く。

暮井《くれい》さんはスタイルがいい。ラッシュガードを羽織っていても、胸元《むなもと》は大きく膨《ふく》らんでいる。

ちなみに、俺と暮井《くれい》さんの関係は以前よりも良好だ。

桐原《きりはら》を守るために、俺が大変失礼な行動を取ってしまったけど、秘密を共有したせいか、前よりも砕《くだ》けた感じで話《はな》し掛《か》けてくれる。

そうでなければ、『男子生徒たちがじろじろ見てくるから』なんて話題は選ばなかったはずだ。

俺としては、こっちの方が気を張らなくて済むので、ありがたい。

「生徒たちの中にもラッシュガードを着ている子がいますけど、いいことですよね」

「そうね。私が学生のときは、やっぱり恥《は》ずかしがる子がいたしね」

「男子もおんなじですよ。目のやり場に困りますからね。……っ」

話の途中《とちゅう》だが、あくびが出そうになり、必死に嚙《か》み殺《ころ》す。

「寝不足《ねぶそく》？」

「まぁ、ちょっと……色々ありまして」

ユズのことを考えていたら寝付《ねつ》けなかっただけなのに、暮井《くれい》さんはジト目になった。

「まさかあなた、昨日の夜も彼女と……？」

「違《ちが》いますって。……あいつは、関係ないです」

小声で言い合いながら、俺は桐原《きりはら》へ視線を移す。

俺が担当するクラスの生徒たちは、整列した状態で遠くのプールサイドに待機している。

桐原《きりはら》はラッシュガードと水泳キャップ、おまけに競技用の水泳ゴーグルを着けている。

水泳ゴーグルは本来、授業では使わない方針なんだけど、桐原《きりはら》はわざわざ眼科で「眼病予防のため必須《ひっす》」と診断書《しんだんしょ》を貰《もら》い、着用している。

……ところがこれ、実は真っ赤な嘘《うそ》。

父親とコネのある眼科に頼《たの》んで、診断書《しんだんしょ》を貰《もら》っているそうだ。

「だって、メガネ掛《か》けてない顔見られるの、嫌《いや》なんだもん」と言っていた。

そこまで徹底《てってい》しているだけあって、桐原《きりはら》の見た目はめちゃくちゃ地味だ。

あえてサイズが大きいラッシュガードを羽織っているから、胸の大きさも目立たない。

桐原《きりはら》は『地味だけど、いざってときは頼《たよ》りになる生徒会長』というイメージを周囲から持たれているが、本人もそれを保とうとしている。

桐原曰《きりはらいわ》く、特に大事なのはイメージの前半、『地味だけど』の部分だそうだ。

「そうしておけば、変に妬《ねた》まれることもないし、普段《ふだん》とのギャップで評価も高くなる。だからなるべく、潜《ひそ》んでおくの」と説明してくれた。

まだ若いのに大したものだ。自分のイメージをしっかりデザインして作り上げるのは、市議会議員の父親、芸能界で生きてきたという母親の影響《えいきょう》を受けているんだろうな……。

「……？　桐原《きりはら》さん、こっちに来るわね」

暮井《くれい》さんの言う通りだ。桐原《きりはら》がクラスの列を離《はな》れて、こっちへ向かってくる。

プールサイドだから歩いているけど、少し急いでいるように見えた。

「どうした？」

俺が尋《たず》ねると、桐原《きりはら》は軽く首を左右に振《ふ》った。

「暮井《くれい》先生に、お伝えしたいことがあって」

「私？」

怪訝《けげん》そうにする暮井《くれい》さんに、桐原《きりはら》は顔を寄せて何やら内緒話《ないしょばなし》をする。

暮井《くれい》さんは桐原《きりはら》に頷《うなず》き返してから、俺に向き直る。

「羽島《はしま》先生。女子に体調不良者が出たそうです。一応、保健室まで付き添《そ》うので、他の生徒たちをお願いします」

「あ、はい。でも、そういうことなら着替《きが》えが終わったあと、引《ひ》き継《つ》ぎますよ。自分のクラスの生徒ですし……」

「いえ、大丈夫《だいじょうぶ》です。……お気になさらず」

暮井《くれい》さんは足早に、列の方へ歩いていく。

……なんだか俺だけが蚊帳《かや》の外で、ひどく居心地《いごこち》が悪い。

つい、まだ近くにいる桐原《きりはら》を頼《たよ》ってしまった。

「俺、なんかマズったか？」

桐原《きりはら》は、さっき暮井《くれい》さんにしたように、そっと俺に顔を寄せてきた。

「生理なんだよ。周期がズレて、急に始まっちゃったんだって。しかも、小林《こばやし》さんだから」

小林《こばやし》は、内気な女子生徒だ。男性不信気味なので、接するときはいつも注意がいる。

「……すまん」

桐原《きりはら》が気を利《き》かせて暮井《くれい》さんを選んだ理由を汲《く》み取《と》れず、台無しにしてしまった。

「いえ、お気になさらず。私も戻《もど》りますね」

そっけない感じで告げて、桐原《きりはら》が離《はな》れていく。

少し冷たいように見えるが、実は意図的な態度だ。

俺たちの関係がバレないよう、なるべく気を付けていこう、と二人で話し合った結果だ。

——夏休みに入る前、教室で平気を装《よそお》う桐原《きりはら》に『体調がおかしい。熱がある』と俺が見抜《みぬ》いたことがあった。その後、桐原《きりはら》はクラスの女子たちから「羽島《はしま》先生よく気付いたよね〜。桐原《きりはら》さん、愛されてるんじゃない？」とからかわれたらしい。

冗談《じょうだん》だろうし、気にしすぎると逆に怪《あや》しくなるだろうけど、注意は払《はら》うべきだ。

……俺と桐原《きりはら》の関係は、バレたら終わりなんだから。

「羽島《はしま》先生。クラスの子たちを移動させて、タイムの計測をお願いできますか？」

「あ、はい」

その後は、体育教師に頼《たの》まれた仕事に集中する。

でも、桐原《きりはら》が良《い》いタイムを出すと、こっそり誇《ほこ》らしい気持ちになってしまった。

プールが終わったあとは通常通り、担当している現国の授業を行った。

クラスのホームルームを終えたあとは、事務作業の時間がやってくる——はずなんだけど、今日は別の用事が入っている。

時間通りに生徒会室へ入ると、生徒会長の桐原《きりはら》を含《ふく》め、他の役員も既《すで》に着席していた。

「すまん、遅《おそ》くなった」

「いえ、時間通りです。先生はこちらへどうぞ」

勧《すす》められた通り、桐原《きりはら》の隣《となり》に用意された椅子《いす》へ座る。

桐原《きりはら》は生徒会長のデスクにつき、他のメンバーは部屋の中央に置かれているソファに腰《こし》を下ろしている。書記の女の子――カナちゃんだけが、膝《ひざ》にノートパソコンを置いているが、他のメンバーは配られた書類に目を通している。

「それでは、生徒会の定例会議を始めます。先ほど連絡《れんらく》しましたが、今日は羽島《はしま》先生が生徒会の見学にいらっしゃっています。……先生、挨拶《あいさつ》します？」

「あぁ、ちょっとだけ――春に着任した、現国担当の羽島《はしま》です。より深く、学校のことを知るため、校長から今日の会議を見学するように言われました。やりにくいかもしれないけど、本当に見ているだけです。気にせず、やってください。以上です」

生徒たちは軽く会釈《えしゃく》するが、書記のカナちゃんだけが拍手《はくしゅ》をして歓迎《かんげい》してくれた。

他の役員は「あれ？」という顔になる。

「ごめんなさい、会長。拍手《はくしゅ》しないとダメだった？」

「……うぅん。私もちょっと、想定外」

「えぇっ⁉　私、スベりましたか⁉」

カナちゃんが慌《あわ》てると、いい具合に笑いが起きた。雰囲気《ふんいき》はとてもよさそうだ。

「気を取り直して、会議を始めましょう」

議長を務める桐原《きりはら》が、話を進めていく。

事前に調べたところによると、生徒会の仕事は色々あるが、大きく分けて三つになるらしい。

学校行事の企画《きかく》運営、お金や備品の管理、各部活動の管理の三つだ。

今日の会議は、来月に迫《せま》った文化祭の運営について話し合われている。

今年度も無事、保護者会から運営費の寄付を貰《もら》えたらしい。先日行われた学校説明会の模擬《もぎ》店《てん》も好評だったし、事故もなかった。来年度も実施《じっし》できるだろう、という話だった。

「秋の文化祭も例年通り、受験希望の生徒、保護者、他校の学生の参加を受け付けます。ハメを外しすぎてはいけないけど、活気がないのもダメ。ギリギリのところを狙《ねら》って、うまく宣伝を！　というのが学校側からの希望です。各クラスから毎年、たまに変な企画《きかく》が上がってくるけど、おもしろそうだったら例年よりは少し広い心で許可してもいいです」

「去年だと、プールを使った『水鉄砲《みずでっぽう》サバゲー』がボツになりましたが、今年はおーけー？」

「たぶん、ダメです。……個人的には、安全さえ守れるならありなんだけどねー。楽しそう」

みたいな感じで、桐原《きりはら》は冷静に役員たちの質問をさばいていく。基本は会長として喋《しゃべ》っているが、要所で桐原《きりはら》個人の感想が入るので、聞いていてなかなか楽しい。

立派な生徒会長だなぁ……と、つい授業参観に来ている親目線で感激してしまう。

あ、と桐原《きりはら》が何かを思い出す。

「そうそう。文化祭繋《つな》がりで今、提案するんだけど——次回の縦割り活動時間中に学内清掃《せいそう》を混ぜてしまおうかなと。……どう思う？」

「あぁ～、なるほど。そろそろ文化祭前のボランティア清掃《せいそう》に参加してくれる生徒を募集《ぼしゅう》しないと、って話とくっつけちゃう？」

「うん。これなら不公平感も出ないし。内申点狙《ないしんてんねら》いの少数ボランティアが必死にがんばるより、みんなでやった方が早いでしょ。ちなみに、先生たちの許可は貰《もら》っています」

本当に、桐原《きりはら》の提案には無駄《むだ》がない。社会に出たあとも優秀《ゆうしゅう》なオフィスレディになりそうだ。

みんなに信頼《しんらい》されるのも納得《なっとく》の会議だった。


会議が終わると、桐原《きりはら》と書記のカナちゃん以外は長居することなく、帰っていった。

カナちゃんは議事録の作成、桐原《きりはら》はその確認《かくにん》のため、いつも残るそうだ。議事録が完成するまでの間、いつも桐原《きりはら》は他の細かい書類仕事を済ませるらしい。

「だから私は、他の役員よりも会長と仲が良《い》いんですよぉーっ！」

「そうなんだな。でも、いつも残らないといけないのは、大変そうだ」

「いや全然！　むしろ、会長に勉強教えてもらえたりするので、役得です！　私、本当に数学がダメで……」

「そうかそうか」

本当は俺も、これ以上生徒会室にいる必要はない。カナちゃんがずっと話《はな》し掛《か》けてくるのでタイミングを逃《のが》した。とはいえ、今日はもう他に仕事がないから問題ない。

議事録が完成すれば、桐原《きりはら》と二人になれそうだから、俺も話に付き合っていた。

「っていうか、私、羽島《はしま》先生のこと、すごく気になってたんですよね！」

「そうなのか？」

「はい！　若い先生が来ることってあまりないので、クラスの女子もみんな興味津々《きょうみしんしん》です！　先生、イケメンって言われたりしません？」

「……面と向かって言われたことは、記憶《きおく》にないなぁ」

「えーっ、そうなんですかぁ？　彼女さんっていたりするんです⁉」

「いや。今は、いない」

──実はいるぞ。しかも、同じ部屋に。

というか、さっきから視線が痛い。

澄《す》ました顔で書類に目を通しているが、たまーに、こっちを見てきている。

……あれは内心、ブチギレているのではなかろうか。違《ちが》うといいけど。

「へぇっ……！　あのあの、羽島《はしま》先生って先生になったばかりでしたよね？　慣れてないと、やっぱり女子にドキドキしちゃったりする場面も、あったりします⁉」

「それは、仮にあったとしても『ないぞ』って答え以外、言えなくないか？」

「いや、そこをなんとか！　ここだけの、秘密の話で！」

「カナちゃん」

盛り上がっているところに、桐原《きりはら》がクールな声を差し込んできた。

「羽島《はしま》先生が来て嬉《うれ》しいのはわからないでもないんだけど、だいぶ失礼よ。それにカナちゃんは生徒会の役員です。カナちゃんの与《あた》える印象が、そのまま生徒会の印象になるんだけど――その自覚、ある？」

うぐっ、とカナちゃんが言葉に詰《つ》まる。見てわかるレベルで、しゅんとなってしまった。

「……ごめんなさい。羽島《はしま》先生も、すみません。ちょっとはしゃぎすぎました」

「俺は気にしてないよ。悪いな、桐原《きりはら》。代わりに叱《しか》らせてしまった」

「いいえ。……カナちゃん。半年後には私を含《ふく》め、二年生は引退だからね。カナちゃんは会長、副会長、会計あたりの重要な役員になる可能性が高いんだから、気を付けましょう」

「はーい！　気を付けます！」

一転して、カナちゃんは元気よく手を挙げて返事をする。切《き》り替《か》えが早い子のようだ。

「ところで、議事録はまだ？」

「今、できましたぁ！」

「えっ!?」

驚《おどろ》いたのは俺だ。

確かに話している間も手は動かしていたけど、ずっと話していたよな……？

「こう見えて私、手が早いんですよー。見直しました？」

カナちゃんは得意げに、ノートパソコンを持って桐原《きりはら》のそばへ寄っていく。

議事録に目を通した桐原《きりはら》は「うん」と頷《うなず》く。

「お疲《つか》れ様《さま》。今日は解散で。私はクラスのことで羽島《はしま》先生と話があるから、一緒《いっしょ》に帰れないの。ごめんね」

「わかりましたーっ！　羽島《はしま》先生、また遊びに来てくださいね！　校内で見かけたら声掛《か》けていいですか！」

「……あぁ」

「ありがとうございます！　それでは、失礼します！」

カナちゃんは鞄《かばん》を手に、嵐《あらし》のように去っていく。

彼女が去ったあと、桐原《きりはら》はスタスタと扉《とびら》の前まで歩き、無言で鍵《かぎ》を掛《か》ける。

その後、百八十度回転。

ソファに座る俺にズンズンと歩み寄ってきて、立ったまま腰《こし》を折って抱《だ》き着《つ》いてきた。

「……お疲《つか》れさん」

労《ねぎら》いの言葉を掛《か》けると、桐原《きりはら》は少し身体《からだ》を離《はな》す。

想像通り、見事にぶんむくれていた。デキる生徒会長の顔とは大違《おおちが》いだ。

「銀《ぎん》には怒《おこ》ってない。でも、カナちゃんに超《ちょう》ムカついてた」

「悪かったよ」

大人げない、とは言えなかった。

あの子とは年齢《ねんれい》がひとつ違《ちが》うだけだし、妙《みょう》に懐《なつ》かれてしまっていたから。

やきもち焼きの桐原《きりはら》からしたら、ラインを越《こ》えまくりだったのだろう。

「銀《ぎん》は、私のなのっ。それなのに、カナちゃん絡《から》みまくりの甘えまくりだしっ！　でも、秘密だから言えないじさぁ……っ！」

会議中のお利口さんモードの反動もあるのか、桐原《きりはら》は子供っぽく怒《おこ》り続ける。

俺の頰《ほお》に手を添《そ》えて、至近距離《きょり》で見つめてくる。

「……私のなんだからね？」

返事は待たずに、桐原《きりはら》はキスをしてきた。

最初は唇《くちびる》を合わせるだけ。でも、すぐに舌を伸《の》ばしてくる。口を開くと、貪《むさぼ》るように密着を深めてきた。座っている俺の方が下にいるのもあって、自然と桐原《きりはら》主導のキスになる。

余計なことはせず、桐原《きりはら》のなすがままにされてやる。気が済むまで、そのままでいるつもりだった。

桐原《きりはら》はずいぶん長くキスをしたあと、ゆっくり俺を解放した。唇《くちびる》を離《はな》した直後、はぁっ……と濃密《のうみつ》に息をつく。俺の感覚を悩《なや》ましく刺激《しげき》してきて、印象的だった。

「……私のだからね？」

「わかってるよ」

「大事なことだから、もう一度言ったのっ」

立っていた桐原《きりはら》は膝立《ひざだ》ちになって、俺の胸に顔をうずめてくる。

んん～……と唸《うな》りながら、何度も額を擦《こす》り付《つ》けてきた。可愛《かわい》い仕草に笑いながら、髪《かみ》が乱れない程度に、軽く撫《な》でてやる。

満足したのか、動きが止まった。

と思いきや、とんでもないことを言ってきた。

「キスマーク、つけていい？」

「……どこにだよ」

「王道の首筋」

「見えるところは勘弁《かんべん》してくれ……」

下手すると、暮井《くれい》さんにも怒《おこ》られそうだ。

「じゃあ、胸にする」

言った直後には、もうワイシャツのボタンに指が掛《か》かっていた。

はだけた服の隙間《すきま》に唇《くちびる》を押し当てられる。

音は立たなかったけど、けっこう強く吸われてしまった。

「ん。よし。満足」

出来栄《できば》えを確認《かくにん》したあと、桐原《きりはら》はボタンを直してくれた。

それが終わると、また上目遣《うわめづか》いで見つめてくる。

「絶対に、私のだからね？」

まさかの三度目だ。

「もちろんだ」と返事をする裏で、俺は内心、冷《ひ》や汗《あせ》をかく。

少し女子に甘えられた程度で、このリアクションだ。

家にユズがいるとバレたら、俺は殺されるかもしれん。

わかってはいたが、本当にまずい事態だ。こっそり、速《すみ》やかに解決しないと――。

桐原《きりはら》の行動全てを愛《いと》おしく感じるから、なおさらだ。


桐原《きりはら》と別れたあと、職員室に戻《もど》り、暮井《くれい》さんと挨拶《あいさつ》を交《か》わして学校を出た。

定時退勤だが、これから、仕事よりも気が重い話し合いが待っている。

バスに乗ってからスマホを確認《かくにん》すると、ユズからメッセージが届いていた。昼ごろの着信だ。

『お疲《つか》れ様《さま》です。今日は会社を休む予定でいたけど、ふと思い立ったので、上司と話してくることにしました。帰りはたぶん、十九時ごろです。適当に総菜を買って帰ります』

まだ謝罪モードが抜《ぬ》けていないのか、顔文字とスタンプなしの敬語だった。

このままだと、俺の方が早く家に着きそうだ。晩御飯《ばんごはん》を用意してもらえるのはありがたい。

家に着くと、やはりユズはまだ帰っていなかった。

見慣れた自分の部屋なのに、午前中までユズがいたと考えると、なんだか緊張《きんちょう》してしまう。

だが、部屋着に着替《きが》えると、眠気《ねむけ》と疲《つか》れが先立ってきた。

暮井《くれい》さんの尾行《びこう》を続けたときの疲労《ひろう》はまだ完全に抜《ぬ》けていないし、今日はプール授業で珍《めずら》しく陽の下に長くいた。おまけに、昨晩は昔のことを思い出して、寝《ね》つきが悪かった。

ユズが帰ってくるまで、少し休もう……のつもりで床《ゆか》に寝転《ねころ》がり、目を閉じる。

思いのほか疲《つか》れていたらしく、すぐに時間の感覚はなくなった。起きているようで起きていない、ふわふわした半覚醒《かくせい》の状態のあと、意識が遠のき――。


――鍵《かぎ》を回す音が、聞こえた気がした。

がさごそと、レジ袋《ぶくろ》が擦《こす》れる音もする。

でも、まだ眠気《ねむけ》に抗《あらが》う気分にはなれない。泥《どろ》に沈《しず》んだように頭が重かった。

何か、大切な用事があったはずなんだけど――。

「銀《ぎん》ーっ！　あれ？　いないの？」

……ユズの声？　昔の夢か？

付き合っていたころは、連絡《れんらく》なしでいきなり来て、勝手に作った合鍵《あいかぎ》で入ってきて――。

「あ、いるじゃん！　てーいっ！」

瞬間《しゅんかん》、全身に強い衝撃《しょうげき》を受けて、いきなり現実に引《ひ》き戻《もど》された。

「ごほっ……おま、ユズ～……」

「んへへぇー、ただいま～っ！」

仰向《あおむ》けに寝《ね》ていた俺の上に、ユズが全体重を掛《か》けて乗っかっている。部屋に入ってきた勢いそのままに、全力でダイブしてきたらしい。

付き合っていたころからの、ユズの必殺技《わざ》だ。比喩《ひゆ》ではなく、冗談《じょうだん》抜きに生命の危険を感じさせられる、とんでもない悪癖《あくへき》だ。

「なんでいきなり飛び込んでくるんだよ……痛いのわかってるだろ……」

「ごめん～。『あぁ～っ！　帰ってきた家に銀《ぎん》がいる～っ！』ってなっちゃって、ついつい……ごろにゃん」

頬《ほお》を擦《こす》り付《つ》けながら、猫《ねこ》に扮《ふん》してごまかそうとしている。……あざとい。

「とりあえず、降りてくれ」

「ほいっ」

立ち上がったユズはスーツ姿だった。持ち手が大きい婦人向けのビジネスバッグにわざわざ長い肩紐《かたひも》を装着して、やはり斜《なな》め掛《が》けにしている。

「スーツと鞄《かばん》、どうしたんだ？　元カレの家に一度戻《もど》ったのか？」

「ううん。会社行く前に買ってきた。そのうち、就活でも使えるかなと思って」

その言葉と、メッセージに書いてあった『上司と話すことにしました』という文面を思い出してピンときた。

「会社、辞《や》めるのか？」

「うん。っていうか、もう辞《や》めてきた」

「え……よかったのか？　昨日の今日だし、勢いで決めてないか？」

「いいんだよ。元カレと顔合わせて気まずいの嫌《いや》だし、営業部を希望したのに総務に配属して受付やらせてきた会社にも最初から不満があったし。誰《だれ》にでも愛想《あいそ》よくしなきゃいけない受付は、もう疲《つか》れちゃったよ」

天職のように思えるが、キャラを押し付けられるとストレスを感じるユズには、酷《こく》な役割であることもわかる。

「上司の反応は？」

「しつこく止められたけど、元カレに家を追い出された話をしたら、勢いが下がってたね～。期待の若手の社内評価を潰《つぶ》すのと、あたしを天秤《てんびん》にかけてたみたいだけど、表向きには『高神《たかがみ》さんの意志を尊重する』って落としどころをつけてきた感じ？　……物は言い様、大人の世界だよねー」

そういう流れなら、おそらくユズの上司は、ユズが辞《や》めた理由を社内に広めることはないだろう。でも、ユズの元カレには、過《あやま》ちを犯《おか》した気まずさが残りそうだ。

……もしかしたら、そういうことを一切《いっさい》気にしないクズかもしれないけど。

「とりあえず、明日から有休消化だって。一週間くらいしかないけどね」

「……本当に、未練ないのか？」

「ないない。それに次の仕事もまぁ、すぐ見つかるよ。何せあたしは最強資格、『美貌《びぼう》』の持ち主だからね！　愛嬌《あいきょう》もバッチリ」

にっこり笑顔《えがお》に、自分の両頰《りょうほお》を軽く人差し指で突《つ》き刺《さ》すポーズ付き。ユズ以外が言えば反感を買いそうな発言を繰《く》り出《だ》してくる。

でも、ユズだから許されてしまう。事実、ユズは面接とグループディスカッションでほとんど負けたことがないはずだ。

「でも、家はどうするんだ？　無職だと賃貸《ちんたい》は審査《しんさ》が通らないだろ。しかも、住所欄《らん》が空欄《くうらん》だと転職活動もできないぞ。詰《つ》んでないか？」

「うん……そのことで、銀《ぎん》にお願いがあるんだよね。でも、その前にちゃんと謝らないと」

ユズは鞄《かばん》を置いて、その場に正座して、神妙《しんみょう》な顔になった。

「昨日は、ごめんなさい」

「……どれの話だ？」

心当たりがありすぎて、どれかわからん。

「お風呂《ふろ》に、いきなり侵入《しんにゅう》した件。銀《ぎん》は、あたしをちゃんと心配して泊《と》めてくれようとしたのに、あたしは約束を守らなかった。銀《ぎん》の優《やさ》しさを踏《ふ》みにじる行為《こうい》でした。……とても反省しています。ごめんなさい」

「………………」

これもまた、ユズのずるいところだ。

気を許した相手にはバグった距離《きょり》感《かん》で近付いてくるくせに、相手が本気で嫌《いや》がるラインを越《こ》えたときは礼を尽《つ》くして謝ってくる。

これをやられると、普段《ふだん》とのギャップも相まって、強く怒《おこ》れなくなる。

はぁ、とため息をつきながら、俺は頭をかく。

「わかっているなら、いい」

「……ありがとう」

「で、俺にお願いってなんだ？」

「長くなりそうだから先にご飯食べない？　お腹《なか》空いてるでしょ？」

それもそうだ、と同意する。

その後、数年ぶりに、ユズと同じテーブルで食事をした。……とても、妙《みょう》な感覚だった。

話が長くなるなら、と食後にお茶を淹《い》れた。

一番茶を軽くすすりながら、ユズの言葉を待つ。

「結論から言うと、あたし、銀《ぎん》とよりを戻《もど》したいの。……ここに住まわせてもらいながら、次の仕事を探せたら一番嬉《うれ》しい」

「……………」

ある程度覚悟《かくご》はしていたけど、またなんと言うか、距離《きより》感《かん》のバグった話を……。

「やっぱり、ダメ？　……まぁ、当然っちゃ当然かぁ。こっちから別れ話切り出して、他の男と住んでたのに『やっぱりあなたといたい！』って言われても響《ひび》かないよね。大げさに言えば不倫《ふりん》してた奥さんが好き放題やったあとに戻《もど》ってきたのと、なんも変わらないし。……うぅ、ダメだ。言ってて自分でへこんできた……めちゃくちゃな女で、ごめんなさい」

「いや、そういう、責めるような気持ちは全然ない」

勝手だな、と思う奴《やつ》はいるかもしれないけど、俺自身はそれを感じていない。

それも含《ふく》めてユズはユズだから、という気持ちが先立っていた。

「ただ、色々言いたいことはある。……でも、まず、そこに思い至った理由を聞こう。喧嘩《けんか》になって追い出されたけど、元カレとは結婚《けっこん》を前提に同棲《どうせい》していたんだろ？　なのに、どうして俺と急に、そんな……」

「急じゃないよ。久々に会えて、優《やさ》しくしてもらえて再燃した気持ちもあるけど——あたし、銀《ぎん》と付き合ってたころ幸せだった。すごく楽しかったし、銀《ぎん》に大事にしてもらえて、本当に成長できた。別れたあともずっと、あのころが恋《こい》しかったよ。もう銀《ぎん》は、忘れちゃった……？」

「そりゃあ、忘れてないけど……」

学生時代の俺たちは付き合うことで、お互《たが》いにとてもいい影響《えいきょう》があった。

ユズは俺の恋人《こいびと》になってから、それまでの男性関係が嘘《うそ》のように、身持ちが堅《かた》い女性になった。男だけの集まりにひとりで行くことは絶対になかったし、今までのノリで男が絡《から》んできたときは、やんわりと「そういうのはもう、やめてほしいんだ。ごめんね」と拒否《きょひ》していた。

それまでのユズがダメだった、なんてことは思っていないけど、ユズ自身は自分の心の変化をとても喜んでいた。以前までは、ユズを敬遠していた人物も仲良くしてくれるようになったし、俺という決まった相手ができたことで魔性《ましょう》の女成分もずいぶん薄《うす》まり、遊びに行ったサークルの人間関係を壊《こわ》すこともなくなった。

俺は俺で、真面目なノート屋さんから『あの高神柚香《たかがみゆずか》を射止めた男』『ユズを変えた男』として一目置かれるようになり、男女問わず広がっていた交友関係がますます広がった。

……当時も自分に自信がなかった俺は、これがすごく嬉《うれ》しかった。

ユズのおかげで、俺は周囲に認めてもらえていたんだ。

何より、ユズから素直《すなお》に好意を向けられることが、純粋《じゅんすい》に嬉《うれ》しくて誇《ほこ》らしかった。

ユズは俺に、人間として自信をつけてくれた。

……まぁ、ベッドの中で色々と教わったことも、男として、やっぱりありがたかったわけで。

「いい恋《こい》だったのは間違《まち》いない。大学時代の思い出はだいたい、ユズと過ごした時間だ」

「……そうだね。あたしも、そうだった」

でも、結局、俺たちは別れた。

多くの時間を一緒《いっしょ》に過ごして、笑顔《えがお》の絶えない日が続いたけど、長く付き合っていれば、どうしたって落ち着いてはくる。

同じ部屋にいるのに、お互《たが》い、違《ち》うことをしている場面が増えていったんだ。

片や漫画《まんが》を読み、片やテレビを見る、みたいな状況《じょうきょう》になっていった。

さらに、俺たちの趣味《しゅみ》が合わなかったことも悪さをした。

ユズは昔から運動が好きで、得意で、いわゆるスポーツウーマンだった。サークルにあちこち顔を出していたが、だいたいはそっち系の集まりだった。

ボルダリング、フットサル、ソフトボール、テニス……男女混合で試合をするときは俺も参加したが、運動は正直、あまり得意ではない。良く言って、中の中だろう。

単位の修得が済んで授業が減ると、俺はバイト先の居酒屋で料理を教えてもらえるのが楽しくなって、そっちに熱中し始めた。自宅で俺が料理を作っている間、ユズは、やはり違《ちが》うことをしていた。

そしてトドメは、大学四回生の夏。俺たちは早々に企業《きぎょう》から内定を貰《もら》い、最後の夏休みを謳《おう》歌《か》していた。

ユズは、興味のあったスキューバダイビングのライセンス取得に精を出し、俺は、社会人になってからはやれなさそうな、ネットゲームに手を出した。

後に、桐原《きりはら》と出会うことになるゲームだ。

無事にライセンスを取得して戻《もど》ってきたユズは、俺がハマっているゲームに興味を持った。

だが、本当に不幸なことだったんだけど、ユズはそのゲームを俺と遊べなかった。

3D酔《よ》いのせいで、長時間プレイすることができなかったんだ。

他のゲームは問題ないのに、これだけはどうしても——という状況《じょうきょう》だった。

ユズに気を遣《つか》って引退も考えたけど、ユズは逆に俺を気遣《きづか》い、俺に好きなだけ遊んでいいよと言ってくれた。

「銀《ぎん》がそんなに何かにハマってるところ、初めて見るしね〜」

俺は、その言葉を真に受けてユズに甘えてしまった。

ユズが、本当は寂《さび》しがっていると気が付けなかった。

一応、俺なりに気は遣《つか》っていたつもりだ。

ユズが突発的《とっぱつてき》に家に来たときや、他のプレイヤーと先約があったとき以外、ユズの前でゲームをするのは控《ひか》えていた。どうしても続きをやりたいときはユズが寝《ね》てから深夜に遊んでいた。

　それでも、ユズは俺の微妙《びみょう》な心の変化が気になったみたいだ。ハマった人間にしかわからないだろうけど、複数人で遊ぶネットゲームは拘束《こうそく》時間が長く、人付き合いも多い。

　ユズのことは変わらず大事に想《おも》っていたけど、長く付き合っていたマンネリ感も手伝って、大事にするモノの比率に変化があったことは——正直、否定できない。

　そんなだったから、ユズは俺に話を切り出してきたんだろう。

「銀《ぎん》。あたしね、好きなひとができたんだ」

　どうして、ではなく、誰《だれ》？　という言葉が先に出た。

　あのときの、困ったように笑うユズの顔を、俺は未《いま》だに忘れられない。

「銀《ぎん》、最初に教えたよね。女の子はね……上手に嘘《うそ》をつく生き物なんだよ」

　戸惑《とまど》う俺に、ユズは続けた。

「これ以上は野暮《やぼ》だよ。取り返しがつかないくらい傷付け合う前に、一度、上手に別れよう？　そしたら、いい恋《こい》のまま終わりにできるはずだからさ」

　結局のところ、俺の身勝手さがユズを傷付けて、ユズに別れを切り出させたんだ。大事にすると誓《ちか》ったはずなのに、恋人《こいびと》の気持ちを一番に考えなかった。別れ話に同意したのは、そんなダメな俺から、ユズを解放するためだった。それが一番、ユズのためになると思ったんだ。

　自信と自己肯定感《こうていかん》を与《あた》えてくれた恩人に対する、大きな負い目になったのは間違《まちが》いない。

その証拠《しょうこ》に、普段《ふだん》はあまり思い出さないようにしているし、思い出した今は――こんなに自分を情けなく思うし、ユズに申し訳ない気持ちで胸がいっぱいになる。

「……銀《ぎん》？」

不安そうに呼《よ》び掛《か》けられて、我に返る。

「どうしたの？」

「……昔のことを思い返していた。付き合い始めてから、別れるまでの間のこと」

一度、深呼吸をして気持ちを落ち着かせる。

「別れるきっかけを作ったのは俺の方だった。なのに、ユズは上手に別れようと言ってくれた。別れたあとも、ずっと連絡《れんらく》をくれてた。……あれのおかげで、罪悪感が薄《うす》まっていたのは絶対にあった。そこは、すごく感謝してる」

「……ん」

当時を思い出しているのか、ユズも悲しそうな顔になる。

「他に好きなひとができたってのは、やっぱり嘘《うそ》だったのか？」

「……そうだよ。思っていることを全てブチまけちゃったら、大泣きするのがわかってたから。それで銀《ぎん》を困らせるのが嫌《いや》だったの。あのときもまだ、銀《ぎん》が好きだったから」

数年越しに聞く初めての話に、思考《ご》が止まる。ユズは、俺を強く見つめてきた。

「銀《ぎん》は、いつもあたしのしたいことを優先してくれた。旅行の行き先もあたしに譲《ゆず》ってくれて、苦手なスポーツの試合にもついてきてくれて……そんな銀《ぎん》が好きだったから、あたしも、銀《ぎん》が夢中になれるものが見つかったら、絶対に一緒《いっしょ》にやろう、応援《おうえん》しよう、って心に決めてたの。ゲームにハマってる姿を見られて嬉《うれ》しかった。……でも、一緒《いっしょ》にできなかったからさ。ダサい話だけど、だんだんゲームに取られた気がして寂《さび》しくなっちゃった」

……概《おおむ》ね、推測通りだった。

「おかしいじゃん、そんなの。筋が通らない。だから絶対、みっともなくわめきたくなかった。でも、一緒《いっしょ》にいるとつらいのも事実でさ……銀《ぎん》のこと大好きで、初めて長続きした彼氏《かれし》で、もうこのひとしかいない！　って気持ちだったから、銀《ぎん》の一番になれてないことが悲しかったの」

「……すまん」

「あ、別に責めてないよ⁉　あたしだって、銀《ぎん》と接するテンション、けっこう変わっちゃってたと思うし。同じ部屋にいるのに違《ちが》うことしてたじゃん？　せっかくの夏休みなのに、銀《ぎん》を置いてダイビングのライセンス取りに行ったしさ。お互《たが》い様《さま》だったんだよ」

「…………」

「別れたけど、銀《ぎん》のこと嫌《きら》いになって別れたんじゃないんだよ。好きだったから、別れたの。そうじゃないと、別れるときにあんな約束の話、振《ふ》らないよ」

「……約束って、あれか」

「三十歳くらいになってお互《たが》い相手がいなかったら、結婚《けっこん》しよっか。ってやつね」

「まさかとは思うが、あれを本気にしていて、俺とよりを戻《もど》したいって言うのか？」

「そうだけど？　銀《ぎん》は本気にしてなかったの？」

「あれも、上手に別れるための嘘《うそ》だと思っていたんだ。……ユズは人気者だから、相手がいない未来なんて想像してなかったし。そもそも、まだ三十歳になるまでもう少しあるぞ」

「あの約束を早めたいって思うくらい、銀《ぎん》のところに帰りたいんだよ。……勝手なんだけどさ」

ユズは、申し訳なさそうに視線を落とす。

「別れたときのことを思い返すと、やっぱり、自分が子供だったなって気持ちになるの。……今ならわかる。いくら好きなひと同士でも、永遠にお互《たが》いの一番同士になんてなれっこない。そんなの映画とかおとぎ話の中だけだよ。一時の寂《さび》しさで銀《ぎん》と別れたのは、大間違《おおまちが》いだった」

一転して、ユズは強い視線を俺に向けてくる。

「会社に入ったあと、言い寄ってくる男と付き合ってみたことはあったよ。身体《からだ》は許さずにね。抱《だ》かれてもいいと思ったひとなんて、ひとりもいなかった。誰《だれ》と付き合っても、銀《ぎん》を忘れられなかったよ。月日を重ねて、出会いが増えれば増えるほど、銀《ぎん》の存在が大きくなっていった。唯一《ゆいいつ》、同棲《どうせい》していた元カレだけは、このひととならいいかな、と思えたけど……いま思えば、あのひとも、なんとなく銀《ぎん》と雰囲気《ふんいき》がよく似ていたよ。でも、元カレも銀《ぎん》じゃなかった。結局あたし、ずっと銀《ぎん》の残像を追っかけてきただけだった。……あたし、銀《ぎん》と別れて、自分から幸せを手放したんだよ」

「…………」

「でも、遠回りも無駄《むだ》じゃない。回り道をしたからわかることもある。お互《たが》いに好きなことが違《ちが》っても、一緒《いっしょ》にいて燃えるような気持ちが消えても、銀《ぎん》とは一緒《いっしょ》にいて苦痛じゃなかった。一緒《いっしょ》の部屋にいて違《ちが》うことをしても、一緒《いっしょ》に生活できる……あれは、実はすごいことだった」

……そうだな。それは、確かにそうだ、と心中で頷《うなず》く。

「あのときは自分自身の幼稚《ようち》な寂《さび》しさに負けちゃったけど……今は絶対に違《ちが》う。もう、あんな気持ちにならないし、銀《ぎん》を振《ふ》り回《まわ》さない。……恋《こい》だけでもそうなんだけど、恋《こい》だけじゃなくて、結婚《けっこん》のこと考えたらあなたが絶対一番って、今はわかってる。だから……もう一度……」

ユズは、呼吸をひとつ挟《はさ》む。

「今度は離《はな》さないし、離《はな》れないから。……また、一緒《いっしょ》になれない？」

思《おも》いの丈《たけ》を打ち明けてくれたユズは、俺の返事を待つ姿勢に入る。……昨日から何度も『ユズは変わらないな』『相変わらずだな』と思っていたが、とんでもない。昔のユズと比べると、ずいぶん成長した印象を受ける話だった。

そもそも別れた当時だって、よくよく話を聞いてみると、俺なんかよりずっと大人だ。

そういえば、初めて大学でユズの噂話《うわさばなし》を聞いたときも、同じ感想を抱《いだ》いたっけ。

自分と同じ年齢《ねんれい》なのに『男と寝《ね》るのはコミュニケーションツールのひとつ』なんて、ずいぶん進んでいる女性なんだな——と、憧《あこが》れに近い気持ちを抱《いだ》いたはずだ。

ユズは昔も今も、俺より大人なんだ。

……それが、とても眩《まぶ》しい。正直、うらやましくもある。

「俺も、ユズを嫌《きら》いになったことはない。すれ違《ちが》いはあったけど、別れるときも好きだった。それは別れたあとも同じだよ」

初めて入った会社でボロクソに言われてつらかったとき、何度、ユズに電話を掛《か》けて、支えてもらおうとしたか。

でも、それができなかったのは、心のどこかでたぶんわかっていたからだ。

ユズは、俺が頼《たよ》ればきっと助けに来てくれる。

どんな状況《じょうきょう》であれ、飛んできてくれるかもしれない。

さっきの話を聞くに、おそらく俺の予想は間違《まちが》ってなかった。

でも、それが実現していれば当然、ユズの人生も大きく変わっていただろう。

壊《こわ》れかけていた俺の人生に、ユズを巻き込むわけにはいかなかったんだ。

だから、俺は会社でつらかったときも、会社を辞《や》めたあとも、ユズを頼《たよ》らなかった。

もしも頼《たよ》っていれば……今から言う返事は、変わっていたに違《ちが》いない。

「さっきユズがしてくれた話は、とても大事なことだった。教えてくれてありがとう。すごく感謝している。尊敬もしている。ユズは今でも、俺の大切な存在だ。……でも、ごめん。ユズと一緒《いっしょ》にはなれない」

俺には桐原《きりはら》がいる。

……つらかった時期を支えてくれたのは桐原《きりはら》だった。

俺を信じてくれるあいつを裏切れない。

ユズは数秒間凍《こお》り付《つ》いたあと、口を開く。

「理由を、聞いてもいい？」

「それは……すまん。ユズ相手でも言えない。事情があるんだ。いつか、言える日が来るかもしれないけど……今は、ごめん」

「……そっか」

はぁ～……とユズは脱力《だつりょく》して机に突《つ》っ伏《ぷ》す。

「まさかの勝負手失敗……かっこわる……」

……まぁ、プロポーズを断られたのだから、当然か。

「家、どうしよかなぁ……頼《たよ》れるのは実家くらいだけど、帰ったら、アレだからなぁ……」

……。

……うーん。

う～んんんんんンンンンンン……。

「……その話だが、一緒《いっしょ》にはなれないけど、仕事と家が決まるまでの少しの間なら、ここを使ってもいい……と、いうことに、する……」

「えっ⁉　いいのっ⁉」

がばっ！　と身体《からだ》を起こしたユズは食い入るように確認《かくにん》してきた。

「本当は、よくないけどな……さっきの話に対する、俺なりの恩返しだ……」

桐原《きりはら》への申し訳なさも当然あるけど、長年の負い目を払拭《ふっしょく》できるなら、という気持ちがある。

それに、ユズのことだ。本気で仕事を探し始めたら、すぐに見つけてくるだろう。そんなに長い期間は居つかないはずだ。

「そもそも俺、この家には平日、寝《ね》に帰ってくるだけなんだよ。高校教師の朝は早いから、夜はさっさと寝《ね》てる。その上、金曜日の夜から日曜日の夜にかけても留守にしてる」

「どこに泊《と》まってるの？」

「近くの男友達のところだ。ネットゲームで仲良くなった奴《やつ》と偶然《ぐうぜん》近所でさ。休みはそいつの家で、がっつりゲームをやっている」

大部分は真実だが、『男友達』ってところだけ、嘘《うそ》が混じっている。

「へぇぇっ～……銀《ぎん》もずいぶん、アクティブになったもんだねぇ……」

「俺がいない間は自由に過ごしていい。ただし、条件はいくつか出すぞ。俺も高い給料を貰《もら》っているわけじゃないから、増えた分の水道光熱費は払《はら》ってもらう。……家賃は、免除《めんじょ》しよう」

「破格だね」

「だろ？　……だが、平日、俺が帰ってくるまで風呂《ふろ》に入るのはなしだ。風呂《ふろ》の順番は、俺が先、ユズがあと」

桐原《きりはら》と親密な状態で、他の女性の残り湯に浸《つ》かるのはちょっとなぁ……という考えに基《もと》づく提案だ。

それを言い始めると、居候《いそうろう》がアウトオブアウトなんだけど……。

「それ、最後にお風呂《ふろ》洗って出てくるのが面倒《めんどう》だから？」

「……よく覚えていたな」

昔は風呂掃除《ふろそうじ》が面倒《めんどう》で嫌《きら》いだった。都合が良《い》いので、今も変わっていないことにする。

「なるほどねー。まぁ居候《いそうろう》の身だし、お風呂掃除《ふろそうじ》くらいさせてもらいますよっ！　あとは？」

「あとは……昨日の風呂《ふろ》みたいな件は、絶対に許さん。もしも次にやったら……」

「……あたし、追い出される？」

「いや、俺はまたホテルへ逃《に》げる。でも、宿泊《しゅくはく》料金はユズ持ちだ」

「罰金《ばっきん》じゃゃんっ⁉」

「追い出されないだけ、ありがたく思え。寝《ね》る場所もしっかり分けるぞ。消灯したら俺の領土には絶対侵入《しんにゅう》禁止だ。……とりあえず、こんなところか。細かい条件は気が付いたときに随《ずい》時《じ》追加していく。何か質問は？」

「はい、先生。頑《かたく》なにあたしと寝《ね》るのを避《さ》けようとしている感じがしますが、それはあたしがフラれた理由にも関連しているのでしょうか？　……実は、彼女がいるの？」

「…………」

露骨《ろこつ》すぎたか？『彼女がいる』とだけ答えるべきなのか……？

だが、何かの間違《まちが》いで桐原《きりはら》との関係がバレて、また離《はな》れることになったら——。

少しの情報でも与《あた》えるのは、やはり怖《こわ》い。

「そういうわけじゃないが、ユズと一緒《いっしょ》になれない理由には、ちょっと絡《から》んでいる。だから、詳細《しょうさい》は言えない。……察してくれ」

「ん～……あたしにも言えないんだ？」

「そうだな」

……ユズだから、言えないんだよ。

「わかった。じゃあ、これ以上は訊《き》かない」

バレないように、そっと安堵《あんど》の息をつく。

「で・も・さぁ～。あたしとしては、ちょっと、銀《ぎん》にお礼したい気分なんだけど？」

「……なんだ、お礼って」

「銀《ぎん》と付き合い出してから彼氏《かれし》じゃない男と遊ぶのはやめたけど、銀《ぎん》が相手なら話は別」

瞬時《しゅんじ》に捕食者《ほしょくしゃ》の顔になったユズは、ぺろりと舌を出して自分の唇《くちびる》を湿《しめ》らせる。

妖艶《ようえん》な視線と仕草に、思わず気圧《けお》される。

「しばらく彼女もいなくてご無沙汰《ぶさた》なんでしょ？　……遊びだと思って、ストレス解消に一戦交えない？　あたしが仕込んだ銀《ぎん》のテク、久々に感じてみたいし」

「だから、ダメだっての」

「えーっ、なんでよー。スーパーで総菜買うついでに、ゴムも買ってきたのにっ」

「無駄《むだ》にして悪いが、俺と使う予定は今後もないと思ってくれ」

「むぅ～っ」

「他に質問は？」

「……ないけど」

「じゃあ、今日はお開きだ。……疲《つか》れてるし、風呂《ふろ》に入って寝《ね》るよ」

あくびを嚙《か》み殺《ころ》しながら立ち上がり、風呂《ふろ》の準備のために部屋を出ようとする。

……ユズとすれ違《ちが》う瞬間《しゅんかん》、ユズは俺の手をいきなり摑《つか》み、引っ張り込んだ。

なんだ？　と言葉にする前に、指先がぬるりとした言い様のない感覚に包まれた。

「ンっ……」

ユズが、俺の人差し指と中指を口に含《ふく》み、しゃぶっていた。吸い付き、吸い立てながら舌を蠢《うごめ》かせて指先や関節をねぶる。

いきなりブチ込まれた覚えのある性感に、思わず「うあっ」と声を漏《も》らしてしまった。

ユズは、してやったりの顔だ。

「あはっ。指で感じるの、変わらないんだ？」

唇《くちびる》で指を挟《はさ》み、舌先で指先を舐《な》めながら、手《て》の甲《こう》も撫《な》でさすって刺激《しげき》してくる。

ぐっ、と身体《からだ》に力を入れてしまうと、ユズはますます笑《え》みを深めた。

「感じちゃって恥《は》ずかしいの？　……かわいっ」

指先を解放したユズは、手《て》の甲《こう》にキスをしてくる。楽しくて仕方がないらしい。

「何を気にしてるか知らないけど、ゴムありなら別にいいじゃん。秘密にするからさ――」

「……きんだ」

「へっ？」

「罰金《ばっきん》だーっ!!」

「ええぇっ!?」

「何を驚《おどろ》いてやがる！　出せっ！　さぁ早く出せ！」

「待って待って待って！　わかったやめるっ！　やめるから!!」

「もう遅《おそ》いっ！　ちょっと甘い顔してたらすぐ調子に乗る！　さっきのガチ謝罪はなんだったんだ！　なんもわかってないだろお前!?」

「ごめんってば～っ！」

「ごめんで済むか！　だいたいお前は非常識すぎる！　勝手にGPSで住所調べて控《ひか》えるとかひとに何の連絡《れんらく》も相談もしないで勝手に仕事を辞《や》めて家に住まわせろだのいったい何を考えてやがるこのバカがっ！　わかってんのかーっ！」

「ひぇえっ！」

無駄《むだ》な体力を使いたくないのに、しばらくの間、ガチ説教を続けてしまった。

ユズは正座になり、ずっと「おっしゃる通りです」「すみませんでした」「面目《めんぼく》ありません」を繰《く》り返《かえ》す。まったく手ごたえがなく、響《ひび》いていなさそうな気配がしていたんだけど——実は効いていたのか、あんまりにも俺が言いすぎたのか、半泣きで言い返される。

「そ、そこまで言わなくたっていいじゃん！　あたしで童貞《どうてい》捨てたくせにぃーっ！」

……全然脈絡《みゃくらく》がないんだけど、なんだか言い返せなくなってしまい、風呂《ふろ》に逃《に》げた。

湯船に浸《つ》かっている間、ずっと頭を抱《かか》えていた気がする。……やっぱりダメだ。あいつは。

＊＊＊

（はぁぁ……まーた怒《おこ》らせちゃったなぁ……）

昨日で懲《こ》りたはずだったのに、つい、またやってしまった。

ちょっとした悪ふざけだったのに、あんなに怒《おこ》らなくても——いや、あわよくばワンチャンっていう邪念《じゃねん》はあったから、怒《おこ》られて当然なんだけど。

(でも、銀《ぎん》だなぁ……やっぱり、銀《ぎん》だ)

そばにいる実感が湧《わ》いてきて、湯船に浸《つ》かりながらニヤニヤしてしまう。

……お風呂《ふろ》から出たら、もう一回謝ろう。そこから少し、お話しできると嬉《うれ》しいな。

だけど、部屋に戻《もど》ると銀《ぎん》の気配がなかった。

「銀《ぎん》、いないの……?」

返事はない。……もしかして、またホテルへ行ってしまった? 寂《さび》しさで胸が苦しくなる。

でも、静かにしているとかすかに呼吸音が聞こえた。

「銀《ぎん》? 寝《ね》てるの?」

やはり、返事はない。

だったら、近付いてもバレないよね――。

音を立てないように枕元《まくらもと》へ行くと、銀《ぎん》の寝顔《ねがお》が見えた。

よほど疲《つか》れていたのか、口元をむにゃむにゃさせている。

自然と、あたしは笑顔《えがお》になる。

「あはっ。銀《ぎん》だぁ。本当に、銀《ぎん》だぁ……」

少しだけ、涙《なみだ》の味がした。昔と変わっていないなら、朝まで起きないはず。

ほっぺたをつんつんしているだけで、あたしの胸には幸せが広がっていく。

久々に会ったせいか、あたしの恋心《こいごころ》、乙女《おとめ》心《ごころ》は大爆発《だいばくはつ》中だ。

「……いっぱい怒《おこ》らせちゃって、ごめんね」

昔からそうだ。あたしが調子に乗ると、いっつも叱《しか》ってくれた。あたしの人生を一番に考えてくれてた。

そういうところ、本当に変わってない。

銀《ぎん》は、受験勉強してる彼女が『勉強よりもあなたと遊びたい』と言ってきたら、本気で彼女を叱《しか》ることができる人間だ。

パートナーの人生を一番に考えられる、イイ奴《やつ》だ。

大切なひとに嫌《きら》われる覚悟《かくご》で、一番正しいことを言える——貴重な存在だ。

「なんで離《はな》れちゃったんだろうなぁ……昔のあたし、マジで大バカ野郎《やろう》」

実は、さすがに重すぎて呆《あき》れられそうだから、銀《ぎん》に言わなかったことがある。

……元カレと別れ話になったのは、彼だけの責任じゃない。

あたしは、彼に身体《からだ》の関係を許していなかった。

結婚《けっこん》前提で同棲《どうせい》しているのに、三ヶ月近く一緒《いっしょ》に暮らしているのに、その前に半年も付き合ってたのに、あたしは、彼に自分を抱《だ》かせなかったんだ。

それだけじゃない。元カレとまだ付き合っていないころ、あたしは、未《いま》だに昔の恋人《こいびと》と連絡《れんらく》を取っていることを彼に教えていた。

スマホを壊《こわ》されたのも、投げられたのも、全部それのせい。

あのひとは……あたしが銀《ぎん》に心を残しているのを見抜《みぬ》いて、嫉妬《しっと》したんだよ。

「そんなに昔の男が大事なら出て行け！　って、追い出されちゃったんだよね」

怒《おこ》って、当然だと思う。

「……あーあ。なんであたし、こんなに重たい女になっちゃったのかなぁ」

大学時代は軽い、抱《だ》ける、後腐《あとくさ》れない、がセールスポイントの女だったのに。

銀《ぎん》に『男は初めての女を忘れない。呪《のろ》いになる』なんて言ったけど、実際に呪《のろ》いが掛《か》かったのは、あたしの方。

自分以外のひとと寝《ね》ないでほしい、と打ち明けてくれた姿を、あたしは忘れられないんだ。

「今や、立派な超《ちょう》絶《ぜつ》銀《ぎん》依存症《いぞんしょう》になっちゃったよ」

そんなわけで、今のあたしは数年間、あなたと別れてからご無沙汰《ぶさた》なのですよ、銀《ぎん》。

寝《ね》込みを襲《おそ》ったら本気で絶交するって言われたからしないけど、縛《しば》って目《め》隠《かく》しをして犯《おか》したいくらい、今のあたしは銀《ぎん》に狂《くる》ってるよ。

昔通りに抱《だ》かれたら、たぶん感じすぎて大泣きしちゃうんだからね。

残念ながら、銀《ぎん》はノってこなかったけど。

……それにしても、あたしにも言えない理由というのは、いったいなんなのだろう？

「悪いけど、教えてもらえるまでは簡単に諦《あきら》めないからね、銀《ぎん》」

あたしの勘繰《かんぐ》りすぎかもしれないけど、どうも、誰《だれ》にも言えない相手と悪い恋《こい》をしている気配がしてならない。

あたしを泊《と》めるぐらいだから、おそらくはまだちゃんと付き合っていない……？

事情のある恋《こい》と言えば、不倫《ふりん》か、浮気《うわき》か——あるいは、別に本命がいるセフレでも作って、銀《ぎん》が本気になった？　キャバ嬢《じょう》とかに入れ込んで、騙《だま》されてなければいいけど。

銀《ぎん》は生真面目《きまじめ》だけど、相手が夫や恋人《こいびと》から虐《しいた》げられているみたいな、可哀想《かわいそう》成分持ちの女なら全然あり得る。

でも、その辺りが相手なら、あたしにもチャンスがあるよね。

何せ、あたしも今、おんなじ状況《じょうきょう》だし。

しかも、お手軽に手を出しやすい『元カノ』ポジションですからね、あたし。

「ズルいのは百も承知だけど、やっと銀《ぎん》のところに帰ってきて、プロポーズまでしたんだから。

……悪いけど、我慢《がまん》して」

ワンチャンありそうなら、何がなんでも落としにいく。

ガチ恋《こい》してる女の執念《しゅうねん》、ナメちゃダメよん？

2. 暮井《くれい》・自分の欠点：説教癖《ぐせ》

ユズが転がり込んできたのは、桐原《きりはら》の家から帰ってきたときだったので、先週の日曜日。居候《いそうろう》が決まった月曜日から丸々一週間が経《た》ち、俺は週明けの教壇《きょうだん》に立っている。

朝イチのホームルームではいつも生徒たちが眠《ねむ》そうに、気重そうに着席しているが、その中で一番ぼやけた顔をしているのは、間違《まちが》いなく俺だった。

「先生、まためっちゃ疲《つか》れてない？」

「……やっぱり、わかっちゃうか？」

心配してくれた最前列の生徒に答えながら、この一週間を振《ふ》り返《かえ》る。

まず火曜日。午前の授業を終えて職員室に戻《もど》り、スマホをチェックするとメッセージの着信が十数件近くあった。送り主は全部ユズだ。

やけに震《ふる》えるなぁ……とは思っていたけど、あらためて数字で見ると驚《おどろ》かされる。

で、その内容はというと――。

『ごめん！　朝ごはん作ってあげようと思ってたのに寝過《ねす》ごした！　本当に朝早いんだね～』

『タオルケットとクッション貸してくれてありがと。でも、さすがに毎日床《ゆかね》で寝《ね》るのは身体《からだ》が痛くなっちゃいそうなので、お布団《ふとん》買っていい？　引《ひ》っ越《こ》し先が決まったら持っていくから』

『なんかキャンペーンやってるみたいで、急いで頼《たの》むと明後日《あさって》には着くんだって～。仕事で忙《いそが》しいところ悪いけど、気が付いたら早く連絡《れんらく》ちょうだい♪』

『あ、今日晩ごはん、何食べたい？』

『っていうか、お昼っていつもどうしてるの？　明日から作ってあげよっか？』

『あれ～……既読《きどく》がつかない。授業中はスマホ、持ち歩いてない感じ？』

――とまぁ、急ぎのようで、急ぎではないような、微妙《びみよう》なメッセージがずらりと並んでいた。

ちなみに、生徒たちにスマホの使用を制限している手前、昼休みと放課後以外は画面を見ないようにしている。

昼休みの時間も限られているし、とりあえず、布団《ふとん》の件だけ返事を――と思い、メッセージを打ち込む。その途中《とちゆう》、新しいメッセージが飛んできた。

画像付きだった。

上半身裸《はだか》のユズが、片手でどうにか胸だけ隠《かく》している。

何も口に含《ふく》んでいないのに、ぶーっ⁉　と飲み物を吹《ふ》き出《だ》すようなリアクションをしてしまった。

慌《あわ》てて、画面を覗《のぞ》かれる距離《きより》に誰《だれ》もいないことを確認《かくにん》する。

……暮井《くれい》さんがまだ戻《もど》っていなくて助かった。

安全を確保してから、打ち込んでいたメッセージを消してクレームを入れる。

『なんてもん を送ってきやがる!!』

『あ、よかったブロックされてなくて〜っ! なんか、急に不安になっちゃってさ……』

『居候《いそうろう》させてるのに、いきなりブロックするわけないだろうが! 昼休みと放課後以外は画面見てないんだよ!』

『なるほど! ごめんごめんっ! ……ちょっと癒《い》やしになった?』

『罰金《ばっきん》』

『ひええっ⁉ ちょっとしたジョーク! 悪戯《いたずら》! あ、でも銀《ぎん》にしか送らないよ、こんなの』

『頼《たの》むから二度と送ってくるな』

『えーっ。自撮《じど》り送るの趣味《しゅみ》だから、付き合ってよ〜。次からは服、ちゃんと着るから!』

……確かに、ユズは昔からよく自分の写真を送ってきていた。

写真が好きなのもあるが、『好きなひとに写真を送る習慣があると、自然と常に綺麗《きれい》でいよう! ってなって、美容にいいと思うの。精神的にも、肉体的にもね』という考えらしい。

まぁ、効果はありそうだけど、付き合わされるのも困る。

「…………」

だが、どうせユズは言っても聞かなそうだし、ふと思ったこともあるので、こちらからは触《ふ》れないことにした。

ちなみに、午後の授業中も、就活の実況《じっきょう》メッセージが頻繁《ひんぱん》に送られてきていた。

帰るころには、スマホのバッテリーゲージが真っ赤っかだ。

……で、家に帰ると、ユズは「おかえりーっ！」と満面の笑《え》みで俺を出迎《でむか》える。

両手を広げてハグをねだられたが、素通《すどお》りして家に入った。

「いけずぅ。あ、買い物してきたよー。冷蔵庫いっぱいになっちゃった」

中身を確認《かくにん》すると、統一感も規則性もない食材が綺麗《きれい》に詰《つ》め込まれていた。

何を作るつもりなのか、俺には見当もつかない。でも、これがユズの買い物だ。

「いつも通り、安いのをとりあえず買ってきたの。すぐに作るからね～」

作るものをあらかじめ決めてから用意する俺とは違《ちが》い、ユズはとにかく安くて、ビビッと来た食材をカゴに放り込んでいく。そこから、アドリブで不思議な料理を作るスタイルだ。

「今日は野菜たっぷりのナポリタン風・焼きうどんかな～」

俺には到底《とうてい》作り出せない料理だが、悔《くや》しいことに、これがうまい……。

盛り付けも適当なのに、口に入れると昔懐《むかしなつ》かし、ユズの味がした。

「お弁当、本当にいらないの？」

「適当に、購買《こうばい》で食べるから……」

「そっか。欲《ほ》しくなったら、いつでも言ってね」

本音を言うと、作ってもらえるとありがたい。だが、下手に頼《たよ》ると胃袋《いぶくろ》を摑《つか》まれそうな恐怖《きょうふ》もあった。桐原《きりはら》のことを思うと、なるべくユズを生活の中に組み込みたくない。

「……………？」

トマトソースが掛《か》かった焼きうどんを食べていると、妙《みょう》な視線を感じた。

ユズが、ニコニコしながら俺の食事を見ている。

「なんだよ？」

「いやぁ……幸せだなぁ、と思って……えへへ」

「……。期待されても、俺とは何もできないぞ」

「それでもいいのっ！　ふふふ」

これが、先週の火曜日の話だ。この日から夕飯の支度《したく》はユズの役割になり、水曜日以降の平日も、基本的には同じ流れで過ぎていった。

……写真も毎日、送られてきていた。

下着姿だったり、服は着ているがノーブラだったりで、大変、教育によろしくない。

送られてきてもまったく反応しない、という形で、俺は抵抗《ていこう》を続けている。

そして金曜日の夜、俺は桐原《きりはら》の家に遠征《えんせい》して、ユズと一旦《いったん》離《はな》れる。

とても迷ったが、ユズが居《い》候《そうろう》している間、変装グッズはリュックサックに入れて、学校の教員ロッカーに潜《ひそ》ませることにした。そのため、仕事が終わったら桐原《きりはら》の家に直行できる。

家に着くと、桐原《きりはら》は熱烈《ねつれつ》に歓迎《かんげい》してくれた。

「おかえり、銀《ぎん》～ッ！」

玄関《げんかん》を閉めるや否《いな》や、ハグで拘束《こうそく》され、そこからキスの嵐《あらし》が始まった。

それから夕飯を作り、憩《いこ》いのゲームタイム……のはずなんだけど、問題はここからだ。

桐原《きりはら》とゲームしている間、まったく返事をしていないのにユズからメッセージが飛んでくる
飛んでくる……。

「珍《めずら》しいね。誰《だれ》から？」

「ちょっと、友人がややこしいことになってるらしくてな……」

付き合いたてのころのユズも、同じペースで連絡《れんらく》を飛ばしまくってきた。

数年ぶりに会ったし、そういう気分なんだろうけど……まぁ、放っておいたらそのうち落ち着くだろう、とこれも放置した。

そんなことがありつつ、桐原《きりはら》との楽しい時間はあっという間に過ぎていった。日曜日の夜、俺は自宅へ戻《もど》る。

電車の中でメッセージアプリのログを確認《かくにん》すると、とりとめのないメッセージがずらり。

反応しない俺に痺《しび》れを切らして、キワドイ写真をがっつり送ってきている形跡《けいせき》もある。

あまり見ないようにして、『すまん。忙《いそが》しかった。今から帰る』とだけ連絡《れんらく》した。

帰宅すると、さすがにユズは少しむくれていた。

「いけずー」

「しょうがないだろ。スマホばっかり見てたら、泊《と》まりで遊ぶ場所を提供してくれる友人に失礼だ」

「……まっ、それもそうか。銀《ぎん》の顔見られて安心できたし、いいやっ」

機嫌《きげん》が悪くても、カラッとするのは変わらない。

……と思っていたんだけど、大事件はその日の深夜に起こった。

風呂《ふろ》に入ったあと、入《い》れ替《か》わりでユズが浴室へ向かう。

ユズを待たず、早々に布団《ふとん》に入ったんだけど、夜中、ふと目が覚めてしまった。

そして、聞こえたのは——。

「……んっ、銀《ぎん》……うぅっ……あう……んんんっ……あっ……ンンッ……っ！」

……待て待て待て待て。

何してんだ、あいつ。

さすがにユズとの長い付き合いでも、初めてのシチュエーションだった。

なんだ？　なんなんだ？　欲求不満なのか？

昔から性欲旺盛《おうせい》で、スイッチが入ると俺に甘えてきて、一晩に数回を数夜連続で……みたいな女性ではあったけど、さすがにこれは……。

ついこの間まで彼氏《かれし》と同棲《どうせい》していたんだから、ご無沙汰《ぶさた》ってわけでもないだろう？

むしろ、逆か？

最近まで相手がいたから、同じ部屋に誰《だれ》かいても我慢《がまん》できないくらい欲情したのか？

「あぁうぅ……」

ダメだ、考えるのはやめよう。

死ぬほどびびったけど、反応したら間違《まちが》いなく藪蛇《やぶへび》になる。

息を殺して、寝返《ねがえ》りも我慢《がまん》。完全無視を決め込んで寝《ね》ようとしたんだけど——。

「ぎ、ん……ぅぅ……ぁん……」

抑《おさ》えようとしているのに抑《おさ》えられない、くぐもった声。わずかに聞こえる水音。布団《ふとん》と肌《はだ》が擦《こす》れる気配。動けないから、耳を塞《ふさ》ぐこともできやしない。

しかも、こっちは桐原《きりはら》と土日をたっぷり過ごしてきた身だ。

九月のくせに薄着《うすぎ》で過ごすあいつに密着されて、キスされて、柔《やわ》らかくて甘い匂《にお》いがする身体《からだ》を散々擦《こす》り付《つ》けられたあとだ。

同じ部屋で寝《ね》ている間、鉄と鋼《はがね》の意志で手を出さないようにしているが、俺も男。

当然、我慢《がまん》はしているわけで。

そこに来て、ユズのこれだ。

……寝《ね》られるわけないだろ、こんなもん。

なんの罰《ばつ》ゲームなんだよ。俺、何か悪いことしたか？

「あっ、く……ッッ……はぁっ……ふぅ……はにゃぁ……はぁ……んふぅん……はぁあ……」

……しばらくすると、ユズは大きく息をついて、動かなくなった。

規則正しい寝息《ねいき》に変わったあとも俺はバッチリ目が冴《さ》えて、バッキバキのギンギンだ。

そんなわけで、月曜日・朝のコンディションは最悪中の最悪。寝不足《ねぶそく》でフラフラだ。

「先生、夏休み明けもだったっしょー」

「いったいマジでどんな遊びしてんすかー」

言われた瞬間《しゅんかん》、教室に笑い声が起こる。

夏休み明けで不調だったのは、暮井《くれい》さんの尾行《びこう》がうまくいってなかったときの話だ。

「やめなよ男子ぃー」

ナメられているのか懐《なつ》かれているのか微妙《びみょう》なラインだが、女子からフォローが入った。

「先生若いし、デートでもしてたんじゃない？」

「絶対、夏休みに出会いあったでしょー？　雰囲気《ふんいき》変わったもん」

やはり色恋《いろこい》に興味がある年ごろなのか、大半の生徒が注目してくる。

「悪いが、ノーコメントだ。想像に任せるよ」

「否定しなかった！」

「ほら、言ったじゃん！」

話題を向けてきた女子たちがキャーキャー言い始める。

こうなるのはわかっていたが、否定しなかったのはもちろん、教室の中にいるやきもち焼きのためだ。

教室を見回すフリをしながら様子を確認《かくにん》すると、心配そうに眉《まゆ》をひそめていた。

俺の、顔色の悪さの方が気になるか。

……すまん、と心の中で謝る。

やはり、あいつには何か理由をつけて、居候《いそうろう》をやめてもらうのがベストだろうか。

その後もユズの件が頭の片隅《かたすみ》で主張を続けてきて、仕事に集中できなかった。


昼休み。職員室でパンをかじりながら、あれこれ考える。

ユズに居候《いそうろう》をやめてもらえると助かるのは間違《まち》いないんだが、昨日の件をきっかけにそこへ至るのは、どうにも乱暴な気がしてならない。

驚《おど》かされはしたけど、ユズは約束を破ったわけじゃないし、あれもなんというか、生理現象の一種というか——普段《ふだん》、桐原《きりはら》を前に一晩中耐久《たいきゅう》レースをしている身としては『どうしようもなく耐《た》えられないときだってあるよな』という理解が及《およ》んでしまう。

つまり、昨日の件はユズに問題があるんじゃなくて、惑《まど》わされて、意志を徹底《てってい》できていない俺に問題があるのではないか……？　それを理由に、こっちから提案した居候《いそうろう》を中止させるのは、どうも自分の中でしっくりこない。

（でも、桐原《きりはら》に秘密を抱《かか》えているのは大問題なんだよなぁ……）

その一方で、ユズには恩があるし、負い目もある。追い出すのは不義理だし、俺が動じなければただ同じ家で寝《ね》ているだけだし……だけど桐原《きりはら》には悪いし——。

そんな考えがずっと、堂々巡《どうどうめぐ》りを続けていた。

ホテルへ逃《に》げ続けられたらよかったが、先日の尾行《びこう》で消費が激しかったのもあり、貯金が心もとない。

いったい、どうすればいいんだ……。

「……ため息をついていると幸せが逃《に》げるわよ？」

隣《となり》の暮井《くれい》さんから言われて一瞬《いっしゅん》、言葉を失った。

「俺、ため息ついてました？」

「気が付いてなかったの？　重症《じゅうしょう》ね。それに、朝の職員会議のときも、今も『心ここにあらず』よ」

「す、すみません……」

そんな奴《やつ》が隣《となり》にいては、士気も下がるだろう。申し訳ないことをしてしまった……。

「顔色も悪いけど、また寝不足《ねぶそく》？」

「はい……」

「先週も気になったんだけど、悩《なや》みでもあるの？　仕事の件？」

「仕事ではなくて、プライベートの方ですね……」

「……ふうん」

暮井《くれい》さんはちらりと周囲を見回す。近くに誰《だれ》もいないのを確認《かくにん》してから、椅子《いす》を少しこちらへ寄せてきた。

「桐原《きりはら》さんが絡《から》んでいて誰《だれ》にも相談できてないなら、愚痴《ぐち》くらいは聞くけど」

確かに、桐原《きりはら》も無関係ではないから、相談できる相手は暮井《くれい》さんだけになる。

どれだけ考えても答えは出ないし、ここは恥《はじ》を捨てて、聞いてもらう方がよさそうだ。

「……実は、大学時代に付き合っていた彼女から、急にプロポーズをされまして……」

「えっ⁉」

今度は暮井《くれい》さんが驚《おどろ》く番だった。

そこから、俺が事情を話すにつれて顔色が変わっていく。

ユズと付き合い、別れた当時の話をしているときは興味深そうに聞いて同意してくれたが、先週から始まった居候《いそうろう》の話を聞いてからは、しかめっ面《つら》になった。風呂《ふろ》に突撃《とつげき》された話や写真の件、昨日寝不足《ねぶそく》になった原因については省いたんだけど——。

「ふぅん……」

一通り話を聞き終えた暮井《くれい》さんは無表情で、腕時計《うでどけい》を確認《かくにん》する。

「もうすぐお昼も終わりね。……今日、仕事が終わったあとのご予定は？」

「特に、ないですが……」

「それなら、放課後そのまま空けておいて。噂《うわさ》されると面倒《めんどう》だから、別々に学校を出て、駅で待ち合わせましょう」

言い放った暮井《くれい》さんは、午後の授業の準備を始める。

……機嫌《きげん》が悪いのは、気のせいだろうか。


仕事を終えて外に出ると、陽が落ちて夜になっていた。

残暑はまだ続いているけど、暗くなるのはずいぶん早くなった。涼《すず》しさを感じる日は、もうすぐそこまで来ているのかもしれない。

学校を出たあとはバスに乗るけど、いつも降りているバス停を素通《すどお》りして、駅まで向かう。

先に向かった暮井《くれい》さんは、待ち合わせ場所で待っているはずだ。もうすぐ着きます、とメッセージを送るついでに、桐原《きりはら》からの着信を確認《かくにん》する。

『具合、大丈夫《だいじょうぶ》？　もしも仕事の疲《つか》れが抜《ぬ》けていないなら、土日のゲームはなしにして、ゆっくり休んでね。……でも、家には来てもらえると嬉《うれ》しいな。休むなら一緒《いっしょ》にお昼寝《ひるね》したい』

気遣《きづか》いと甘えが同居しているメッセージに、思わず頬《ほお》が緩《ゆる》む。

返事を送ったところで、ちょうどバスが駅前に着いた。

待ち合わせ場所はすぐそこだ。

遠くからでも、暮井《くれい》さんの姿はすぐにわかる。……何せ、美人なんだ。

学校の外で見ると、また一段とそれを感じてしまう。

「お待たせしました」

「お疲《つか》れ様《さま》。……それじゃ、行きましょう。この前のバーね」

暮井《くれい》さんの案内で歩き始める。

迷いのない足取りでどんどん進んでいく。

……やっぱり、怒《おこ》ってるよな？

戦々恐々《せんせんきょうきょう》としながら、暮井《くれい》さんを追って店に入る。

「差《さ》し支《つか》えなければ、今日は奥のテーブルでお願いします」

暮井《くれい》さんのおかげで、内緒話《ないしょばなし》をしやすい席で飲めるようになった。

アルコール入りのカクテルを注文しているのを見て、俺も付き合う。一杯《ぱい》だけなら大丈夫《だいじょうぶ》だ。

注文を終えると、暮井《くれい》さんはようやく口を開いた。

「とりあえず、お疲《つか》れ様《さま》でした」

「……はい、お疲《つか》れ様《さま》でした」

「本当にお疲《つか》れの状態なのに、なんで私が羽島《はしま》先生をここへ連れてきたか、わかる？」

「……………怒《おこ》ってるからでしょうか？」

「正解」

にっこり微笑《ほほえ》まれる。……美人の静かな怒《いか》りは、怖《こわ》い。

暮井《くれい》さんは先輩《せんぱい》なので、ものすごく威圧感《いあつかん》がある。

「なんで怒《おこ》ってると思う？」

「ぷ、プライベートの悩《なや》みが仕事に影響《えいきょう》しているからでしょうか？」

「そんなので怒《おこ》らないわよ。教師だって人間よ。聖人にはなれないわ。……私が怒《おこ》ってるのは、羽島《はしま》先生の判断に筋が通っていないせい」

ぎろっと冷たい視線を向けられ、自然と背筋が伸《の》びてしまう。

「昔の恋人《こいびと》を放り出さないのは、別にいい。ひとによっては『ありえない』って言うだろうけど、個人的には理解できる。あなたらしいかな、と思うしね。……でもね、それを桐原《きりはら》さんに伏《ふ》せているのはどうなの？」

「…………」

「元カノに桐原《きりはら》さんの話をしないのはわかるわ。秘密をなるべく漏《も》らしたくないんでしょう。

けど、桐原《きりはら》さんに相談しないのは気遣《きづか》いじゃない。あなたの弱さよ。それか、あなた……心のどこかで、彼女のことをナメてない？」

「い、いえ、そんなことは……」

「そう？　年下とはいえ、桐原《きりはら》さんは恋人《こいびと》なのよね？　居候《いそうろう》させているのは女性だし元カノだけど、ただの恩人。恩を返したいだけ。絶対に間違《まちが》いは犯《おか》さない。……その考えに自信があるなら、彼女に打ち明ければいいじゃない。筋が通っているなら、あなたの選択《せんたく》を理解して後《あと》押《お》しするはずでしょう？　どうして桐原《きりはら》さんを信頼《しんらい》して言えないの？」

「それは……」

……確かに、暮井《くれい》さんの言う通りだ。反論できない。

「桐原《きりはら》さんに言えないってことは、あなた、どこかで居候《いそうろう》させている理由に自信がないのよ。やましい部分があるから言えないんだわ。浮気《うわき》のラインってひとによって違《ちが》うけど、恋人《こいびと》に言えないことをしている時点で、浮気《うわき》だと思わない？」

グサッ、と胸に刺《さ》さるものがあった。

そのタイミングで、店員がドリンクを持ってくる。

「……男って、みんなそう。彼女のため、とか言っても結局、自分のためなのよ」

暮井《くれい》さんはカクテルグラスの中身を一気に飲み干す。

空になったグラスをたんっ、と置いて、キリッとした目で俺を射抜《いぬ》く。

「二人の問題なんだから、二人で決めなさいよ。大事な恋人《こいびと》なら、ちゃんと筋を通しなさい！」

「…………」

「……羽島《はしま》先生？」

暮井《くれい》さんにならって、自分のグラスに手を伸《の》ばし、中身を一気にあおった。

アルコールの焼ける感触《かんしょく》が口から喉《のど》を経由して、胃に落ちる。

ぷはーっ！　と息を吐《は》き出《だ》すが、早くも身体《からだ》が熱くなり始めていた。

「……ありがとうございます、暮井《くれい》先生。おかげで、目が覚めました」

「それは何より」

「俺が間違《まちが》っていました。……でも、ユズが恩人で、ユズに恩を返したいと思う気持ちに嘘《うそ》はありません。桐原《きりはら》にも、同じように言います。ただ……あいつの許しが得られなければ、ユズの居候《いそうろう》は、そこまでです」

「いいんじゃない？」

「あと、もしも桐原《きりはら》にユズの存在を明かすなら……と前から考えていた手があります。こんな提案をしてみようかと……」

俺の話を聞いて、暮井《くれい》さんはふんふんと相づちを打ってくれた。

「ん～……教師の立場だと背中を押すべきじゃないんだけど、個人としては、その手を推《お》したいわね。彼女、喜ぶんじゃないかしら」

「……ありがとうございます。さっそく、あとで桐原《きりはら》のところに行って、話してきます」

「そうね。早い方がいいわ。明日、スッキリした顔で出てきてちょうだい」

「はい。……あと、これも、言わないと」

酒で少しフラフラしながらだけど、暮井《くれい》さんを見つめ返す。

「ユズを放り出さなかったこと……俺らしいと言ってくれて、ありがとうございました。嬉《うれ》しかったです。暮井《くれい》先生の言葉にはいつも勇気付けられます。感謝です」

ぱちぱち、と暮井《くれい》さんがまばたきを繰《く》り返《かえ》す。

「……あなた、酔《よ》ってるわね？　酔《よ》うと、いつもそんなふうになるの？」

「発言がクサくなる、とユズに言われたことがあります。鼻についたなら、すみません」

「いえ。私は別にいいんだけど……桐原《きりはら》さんは大変ね。あと、元カノさんも」

意味はよくわからなかったが、暮井《くれい》さんはようやく、少し笑ってくれた。


話がまとまり、すぐにでも桐原《きりはら》のところへ……といきたかったんだけど、俺の酔《よ》いがさめるまで時間が掛《か》かってしまった。弱いのに、一気飲みなんてするもんじゃないな……。

暮井《くれい》さんにも落ち着くまで見てもらう形になってしまったので、大変申し訳なかった。

店を出たときに謝ったら、暮井《くれい》さんは笑い飛ばしてくれた。

「吐《は》かないだけいいんじゃない？　でも、気を付けてね。行ってらっしゃい」

暮井《くれい》さんに快く送り出してもらったあと、桐原《きりはら》に連絡《れんらく》をしてマンションを訪ねる。

ユズには学校を出る前に遅《おそ》くなると言ってあるので、夕飯を無駄《むだ》に作らせる心配はない。

急な話だったので、残念ながら変装セットはなしだ。

もう夜の九時を回っているので、人通りも人気も少ないが、一応、周囲を気にしながら桐原《きりはら》の部屋まで向かう。到着《とうちゃく》する少し前に鍵《かぎ》を開けておいてもらって、素早《すばや》く室内に入った。

俺の気配を察すると、桐原《きりはら》はすぐに玄関《げんかん》まで走ってきてくれる。

「銀《ぎん》？　大丈夫《だいじょうぶ》だった？」

「あぁ。誰《だれ》にも見られてない……と、思う。夜遅《よるおそ》くにごめんな」

「ううんっ！　それはいいんだけど、急にどうしたの？」

桐原《きりはら》はとても不安そうだ。当然だろう。週明けの夜にいきなり「話がある」と言われて、警《けい》戒《かい》しないはずがない。

こちらとしても、気持ちよく話せる内容ではないのが、なんとも……。

とりあえず、テレビの前で向かい合って座ったが、空気と俺たちの表情はとても硬《かた》い。

「実は、桐原《きりはら》を悲しませたり、怒《おこ》らせるかもしれない話をしなきゃダメで……」

「……うん」

「悪い話と、たぶん喜んでもらえる良《い》い話がある。できれば、悪い方から聞いてもらえると、話しやすいんだけど……」

「わかった」

緊張《きんちょう》しているけど、桐原《きりはら》は覚悟《かくご》を決めてくれたらしい。俺も腹をくくるしかない。

本日二回目。暮井《くれい》さんにした話と同じ内容を、桐原《きりはら》に説明していく。

ただ、順序は変えた。プロポーズされたことは後回しにして、付き合っていたころの話から入り、俺がユズに恩を感じている理由を先に話した。

そのユズが突然《とつぜん》訪ねてきて、家と仕事をなくしてしまったと聞かされた。

すごく悩《なや》んだけど、俺は居候《いそうろう》を許した——というところで、桐原《きりはら》が固まる。

「…………」

「だ、大丈夫《だいじょうぶ》か？」

「……うん。話、続けて」

その後、一週間、ユズと同じ部屋で寝《ね》たが、それだけ。

ユズから自撮《じど》りが送られてきたり、アプローチに近い動きはあったけど、俺からは一切手を出していない、と説明した。

「ただ、桐原《きりはら》に悪いな、とはずっと思っていた。それでもユズへの恩返しと、桐原《きりはら》を悲しませたくない、怒《おこ》らせたくない、って考えを両立したくて抱《かか》え込んでいたんだ。……いま思えば、身勝手な話だよな……暮井《くれい》さんに相談したら見事に叱《しか》られたよ。それで目が覚めたんだ。二人の問題なんだから、桐原《きりはら》に相談して決めるべきだった」

「そか……暮井《くれい》先生に……それで秘密にするのやめて、話してくれたんだね」

「……本当にすまない。今さら正直に言っても、許してもらえないかもしれないけど……気になるなら、スマホも見せる。ユズとのメッセージのやり取り、全部見てもらってもいい」

「そこまでしなくていいよ。銀《ぎん》のこと、信用してる。話してくれてありがとう」

穏《おだ》やかな声に、俺は思わず目を見張る。

「その顔。さては私が泣き喚《わめ》くか、怒鳴《どな》り散《ち》らすと思ってたね？　でも、大丈夫《だいじょうぶ》だよ」

桐原《きりはら》は余裕《よゆう》を持って微笑《ほほえ》んできた。

「その、柚香《ゆずか》さん？　が銀《ぎん》にとって、どれだけ大事なひとだったかは話の序盤《じょばん》で十分伝わってきたし……銀《ぎん》がそういう恩を大事にするのは、付き合いの中でなんとなくわかってたよ。柚香《ゆずか》さんに私の存在を黙《だま》っていたのも、暮井《くれい》先生にバレた件の直後だったからって話も理解できる。うん……大丈夫《だいじょうぶ》だよ。納得《なっとく》できてる」

「……そうか」

この理解の良さは想定外だ。

暮井《くれい》さんにひっつかれたときや、生徒会室で俺を独占《どくせん》しようとしたときとは全然違《ちが》う。

……丁寧《ていねい》に話したから、なんだろうか。

「はぁっ。緊張《きんちょう》しながら聞いてたから、ちょっと疲《つか》れちゃった。悪い話ってまだ途中《とちゅう》？　もう終わり？」

「あぁ。あとはユズの居《い》候《そうろう》をどうするか、二人で相談して決めたいんだけど……」

「おっけ。その前に、ちょっとトイレ行ってきていい？」

「それは、もちろん」

「途《と》中《ちゅう》なのにごめんね。すぐ戻《もど》る」

桐原《きりはら》が部屋を出て行ったあと、俺も一息つく。桐原《きりはら》も緊張《きんちょう》していたと思うけど、俺も気を張り続けている。ようやく、人心地《ひとごこち》ついた気分だった。

あともう少し話して、それからしっかり休んで――。

と思っていたが、桐原《きりはら》がなかなか帰ってこない。具合でも悪いのだろうか、と心配になる。

「……まさか、あいつ」

嫌《いや》な予感がして、トイレの方へ様子を見に行く。

扉《とびら》の前に立つと、桐原《きりはら》の独り言が聞こえてきた。

「……大丈夫《だいじょうぶ》。絶対、大丈夫《だいじょうぶ》なんだから……自分から話してくれたし、ちゃんと、謝ってくれたし……銀《ぎん》は、私のなんだから。こんなので――」

ぐすっ、と鼻をすする音がした瞬《しゅん》間《かん》、頭をぶん殴《なぐ》られたような衝《しょう》撃《げき》を感じた。

……そうだ。さっきの、話を聞いたあとに見せられた桐原《きりはら》の微笑《ほほえ》み。

あれは、いつも学校で見ている優等生の顔だ。

俺に気を許しているときの、あいつの顔じゃない。

「……桐原《きりはら》」

「っ!? 銀《ぎん》っ？　……今の、聞こえた？」

「あぁ……」

「ご、ごめん！　違《ちが》うの！　ただ、驚《おどろ》いてただけだから！　別に、なんともっ」

「とりあえず、出てきてくれるか？　……ダメか？」

「…………」

桐原《きりはら》は、そっと扉《とびら》を開いて出てくる。

頬《ほお》には涙《なみだ》の跡《あと》が残っているし、目の端《はし》にも涙《なみだ》が溜《た》まってしまっている。

「本当に、最初は、驚《おどろ》いただけ、だったの。ちょっと、落ち着こうと思って、席、外したんだけど、銀《ぎん》が、柚香《ゆずか》さん、大事にするから、きっと、すごく素敵《すてき》なひとなんだろうなって思って、そしたら、急に、自信、なくなっちゃって……私より、柚香《ゆずか》さんってなっちゃったら、どうしようって……それから、悪い想像が、とまんなくて……」

やっぱりそうだ。さっきのは俺を安心させるために言葉を選んでくれただけ。

こっちが本当の桐原《きりはら》なんだ。みんなに見せない、甘えたがりな桐原《きりはら》だ。

「悪いのは俺だ。ごめんな。びっくりしたよな。不安になるよな。……本当に、ごめん」

抱《だ》き締《し》めると、桐原《きりはら》も背中に手を回してくる。

腕《うで》の中で声を押し殺して、ひんひん泣きじゃくり始めた。

「さっきも言ったけど、ユズに助け船を出したのは、本当に恩を返すためだけなんだ……それ以上のことは、絶対ない。俺の心は桐原《きりはら》のものだよ」

頭を撫《な》でながら告げても、桐原《きりはら》の涙《なみだ》は止まらない。

「生徒会室で別の生徒に懐《なつ》かれたときも思ったけど、これが、俺たちの――この恋《こい》のつらいところだよなぁ……。桐原《きりはら》はどれだけ寂《さび》しくても、俺が自分の相手なんだってみんなに主張できない……俺も、桐原《きりはら》を自分の好きなひとだって言えない……桐原《きりはら》と少し歳《とし》が離《はな》れているだけなのにな。付き合っているんだぞ、ってみんなに今すぐ言えたらいいのにな……」

桐原《きりはら》は俺の服を摑《つか》んで、こくこく、と頷《うなず》き続ける。

「私、もう少し早く、生まれたかった……」

「そしたら、俺が転職して赴任《ふにん》するタイミングと合わなくて、ちゃんと出会えてないぞ」

「……それは、やだ。ぜったいやだ」

その後も頭を撫《な》で続けたら、少しずつ落ち着いていった。

「……もう、大丈夫《だいじょうぶ》。安心できたよ。……ごめんね」

「頼《たの》むから、もう謝らないでくれ。俺がしっかりしていれば、泣かせなくて済んだんだから」

ゆっくり身体《からだ》を離《はな》すと、目元と鼻が真っ赤になっていた。

桐原《きりはら》の身体《からだ》を支えながら元の部屋に戻《もど》る。その短い間も、桐原《きりはら》は腕《うで》を組んで、俺にぴったり寄《よ》り掛《か》かっている。

「話の続き、できるか？」

「うん……」

「泣かせたあとでこんなこと言うのも情けないんだけど、ユズに恩があるのは確かなんだ。あいつが困っているのも事実だし、もしも桐原《きりはら》が許してくれるなら居候《いそうろう》は続けさせてやりたい。ただ……ここから、もしかしたら喜んでくれるかもしれない、良《い》い話に繋《つな》がるんだけど――このままユズを家に置くなら、俺はその間、自宅から離《はな》れようと思うんだ」

「またホテル暮らしするの？　さっき、貯金が減ってきているから、それは候補から外したって言ってなかった……？」

「あぁ。だから、ホテルじゃなくて桐原《きりはら》と住もうかと」

桐原《きりはら》が固まる。まばたきも止まっていた。

「ユズの仕事が見つかるまで、平日もこっちで寝泊《ねと》まりできると嬉《うれ》しい」

「いいのっ⁉　来てくれるのっ⁉」

「あぁ。でも、ユズの居候《いそうろう》の件も含《ふく》めて、ダメなら――」

「ダメなわけないじゃん！　やった！　やったーっ！　平日も銀《ぎん》といられる！　寂《さび》しくなくなるーっ‼」

打って変わって、テンション爆上《ばくあ》がりとなった桐原《きりはら》。

飛《と》び跳《は》ねて喜んだあと、俺に抱《だ》き着《つ》いてきて、キスしてきた。

こっちは変わり具合に驚《おどろ》いて、うまく反応できない。

桐原《きりはら》は俺をすぐにキスから解放して、満面の笑《え》みを向けてくれた。

「いつから来《こ》られる？」

「……明日、だな。仕事が終わったら、そのまま来るよ。今から帰って、準備して、ユズにも説明して――それからは、しばらく平日も一緒《いっしょ》だ」

「うんっ♪　待ってるね！」

バレるリスクが高まるから心配もあるんだけど――桐原《きりはら》の笑顔《えがお》が見られた。

ひとまず、良しとしよう。

3. 桐原灯佳《きりはらとうか》・幸せな瞬間《しゅんかん》：「おかえり」「ただいま」「いただきます」

俺の不甲斐《ふがい》ない判断によって桐原《きりはら》を振《ふ》り回《まわ》してしまったが、その桐原《きりはら》の厚意《こうい》により、ユズの居候《いそうろう》は継続《けいぞく》となった。もう夜中になってしまっていたが、自宅に戻《もど》り、桐原《きりはら》に関わる部分は全て秘密にしつつ、桐原《きりはら》と決めた内容をユズに伝える。

「えっ⁉ 明日からいないの？」

「ゲーム仲間が、平日も家に来て構わないと言ってくれたからな。寝《ね》に帰るなら、男だけの方が気楽でいいだろうって」

「う、うーん、そっか」

ユズは寂《さび》しそうだったが、置いてもらうだけでありがたい、と判断したらしい。それ以上は深く尋《たず》ねてこなかった。

「メッセージは送ってもいい？ 返事してくれる？」

「すぐには返せないかもしれないけど、それでよければ」

「もっちーっ。仕事、気を付けてね。あたしのご飯が恋《こい》しくなったら、いつでも帰ってきていいんだよー」

ユズと話をつけたあと、明日から始まる連泊《れんぱく》の準備を整えてから寝床《ねどこ》に入った。

……寝《ね》たのは夜遅《よるおそ》くだったが、桐原《きりはら》に秘密がなくなったせいか、とてもよく眠《ねむ》れた気がする。

＊＊＊

翌朝、学校に着いたあとは暮井《くれい》さんに昨日のお礼を伝えて、例の提案で桐原《きりはら》が納得《なっとく》してくれたことも報告した。

「よかったわね。今日も寝不足《ねぶそく》みたいだけど、顔色は良くなったんじゃない？　クラスの生徒たちに心配されるのは心地《ここち》いいかもしれないけど、なるべく隙《すき》を見せない方がいいわよ。いざってとき、威厳《いげん》がないと言うこと聞かないから」

「はい。ありがとうございます」

暮井《くれい》さんからの助言を肝《きも》に銘《めい》じて、職員会議のあとに教壇《きょうだん》へ向かう。

……昼休みに桐原《きりはら》からメッセージで教えてもらえたんだけど、今日の俺は気合いが入っているように見えたそうだ。

『でも、あまり無理しないでね。ここ数日、落ち着かなくて大変だったんでしょ？　帰ったらゆっくり休もうね』

昼飯のパンをかじりながら読んでいると、心が軽くなった。

今日からは平日も、桐原《きりはら》と一緒《いっしょ》だ。

気を抜《ぬ》くと眠気《ねむけ》でぼんやりしがちな自分に活を入れつつ、どうにか午後の授業も乗り切った。

ホームルームと終礼《しゅうれい》が終わると、解放された生徒たちが笑顔《えがお》で教室から散っていく。

桐原《きりはら》はいつも通り、急ぐことなく、丁寧《ていねい》な手つきで鞄《かばん》を持ち上げる。

職員室へ戻《もど》るときに偶然《ぐうぜん》すれ違《ちが》った——ように見せかけて、声を掛《か》ける。

「これから生徒会か？」

「はい。でも、今日はすぐ終わる予定なので、早く帰れそうです。それでは失礼します」

「また明日な」

「はい。さようなら」

嘘《うそ》の別れの挨拶《あいさつ》をして、廊下《ろうか》で別れた。職員室でスマホを見ると、桐原《きりはら》からメッセージが届いていた。

『ヤッバ。なんでかわかんないけど、今のすっごくドキドキしちゃったっ！』

ゲームキャラが照れながらモジモジしまくる、動くスタンプも続く。

思わず苦笑《くしょう》する。俺も、同じ気分だったから。

……バレないように注意は払《はら》うべきだけど、これくらいはいいよな。

職員室へ戻《もど》ったあとは、採点や明日の準備、生徒たちのノートの確認《かくにん》を行う。

暮井《くれい》さんと文化祭前の中間試験について相談していると、いつの間にか定時まで時計の針が進んでいた。

「あら、もうこんな時間。今日は上がりよね？」

「はい」

寝不足《ねぶそく》だったが、なんとかやり切った。非常に達成感がある。

「楽しそうで何よりだわ」

からかうような口振《くちぶ》りだが、暮井《くれい》さんの表情に悪いものはない。本当に労《いたわ》ってくれている。

「お疲《つか》れ様《さま》でした。体調を崩《くず》さないように、ゆっくり休んでね」

「はい。ありがとうございます」

帰《かえ》り支度《じたく》を手早く済ませて学校を出る。ロッカーから取り出した変装グッズ、連泊《れんぱく》用の荷物も一緒《いっしょ》だ。

バスを降りたあと、いつもの公衆トイレで着替《きが》えを済ませる。

到着《とうちゃく》前に連絡《れんらく》をして、チャイムを鳴らすと――

「おかえりなさいっ！」

明るい笑顔《えがお》で桐原《きりはら》が出迎《でむか》えてくれた。

でも、俺は固まってしまった。

「どうしたの？」

「いや、髪型《かみがた》……いつもと違《ちが》うから」

桐原《きりはら》は後ろで髪《かみ》をまとめている。

「すぐ食べられるように、と思って夕飯作ってたから。鞄《かばん》、ちょうだい」

「……ありがとう」

鞄《かばん》を受け取った桐原《きりはら》は部屋に戻《もど》らず、俺が靴《くつ》を脱《ぬ》ぐのを待っていた。

「ふふふ」

「どした？」

「ないしょー♪」

めちゃくちゃ上機嫌《じょうきげん》だ。俺が家に上がると、鼻歌交じりにキッチンへ先行する。

……背後から見るうなじに、艶《つや》を感じてしまった。

「温泉に行ったときも髪《かみ》、そうしてたよな」

「あー、そうだったね。あのときはそれどころじゃなくなったから、すっかり忘れてた」

「卒業したら、また行こうな」

何気なく呟《つぶや》いた一言だったけど、桐原《きりはら》は驚《おどろ》いたように振《ふ》り向《む》いた。

「うんっ！　卒業後の楽しみがまた増えちゃった」

とても眩《まぶ》しい笑顔《えがお》だ。……可愛《かわい》い。

「夕飯、俺は何をやればいいんだ？」

桐原《きりはら》はいつも下ごしらえだけして、仕上げは俺に任せる。

二人の食事を二人で作るのがエモい、というのは継続《けいぞく》していたが、今日は違《ちが》った。

「座っていいよー。銀《ぎん》、お疲《つか》れだから私が全部作っちゃう」

「大丈夫《だいじょうぶ》なのか？」

「任せて。いつもちゃーんと、後ろから見てたでしょ？」

その宣言通り、十分後くらいには見事な夕飯が食卓《しょくたく》に並んでいた。

「疲《つか》れを取るのに、とろろご飯でしょ。鉄分補給にほうれん草と豆腐《とうふ》のお味噌汁《みそしる》、メインは胃腸が疲《つか》れているかもだったから、トマトジュースで白身のお魚、煮《に》込んでみたーっ」

「めちゃくちゃおいしそうだ……いただきます」

桐原《きりはら》が用意してくれた料理は、どれも最高の味だった。

ユズの夕飯を食べていたときも思ったけど、誰《だれ》かが自分のために作ってくれた料理は、どうしてこんなにうまいのか……。

「気に入ってくれたみたいでよかった。ふふふ」

「桐原《きりはら》は食べないのか？」

「……そうだね。もうちょっと銀《ぎん》が食べているところを見ていたかったけど、冷めちゃうのもよくないよね。一緒《いっしょ》に食べるのも幸せだし、いただこうかな」

自分の分を用意している間も、桐原《きりはら》はご機嫌《きげん》だ。

「嬉《うれ》しそうだな」

「うんーっ。嬉《うれ》しいよ。土日、銀《ぎん》が帰ったあと寂《さび》しくてしょうがなかったんだもん。一緒《いっしょ》にいられる時間が増えて最高の気分」

「そうか。そんなに喜んでもらえるなら、早く相談するべきだったなぁ……」

そんな話をしていると、また、ずーん、と気持ちが落ちてしまう。

「落ち込まないでよぉ。私は怒《おこ》ってないし、今は喜んでるんだから。ね？」

「……わかった。とりあえず、作ってもらった食事をおいしく食べよう！」

「そうして！」

「宿題はもう終わったのか？」

「うん。ご飯を作りたかったから、生徒会室でみんなの仕事を待ってる間にパパパッとね」

「大したもんだなぁ」

「えへへ。デキる女だからね」

会話をしながら、楽しく夕飯を平らげる。

作ってもらったのだから洗い物くらいはしよう、と思ったんだけど、桐原《きりはら》はそれも自分がやると言ってくれた。

「ゴロゴロしながらテレビでも見ててよ」

お言葉に甘えて電源を入れる。水仕事とテレビの音を聞きながら横になっていると、わかりやすく意識が飛び始める。

キッチンから聞こえる桐原《きりはら》の鼻歌が妙《みょう》に心地《ここち》よくて、安らぎを覚えてしまう。

「銀《ぎん》？　銀《ぎん》ーっ？」

「んっ……？」

洗い物を終えたらしい桐原《きりはら》が近付いてくる。

「あ、ごめん。寝《ね》てた？」

「……かもしれん」

「うわー、本当にごめんね。お風呂《ふろ》、お湯張り終わったから先に入る？　って訊《き》きたかったの。眠《ねむ》たいなら入っちゃえば？　そしたら、ころんって寝《ね》られるでしょ？」

「そうするかな……ごめんな、何から何まで」

「うぅんっ！　行ってらっしゃい！」

桐原《きりはら》に引き起こされてから、脱衣所《だついじょ》へ向かう。

……そういえば、こんなふうに桐原《きりはら》に色々と家事や世話をしてもらうのは初めてだ。

今までは、俺が色々とやる側だったのに。

疲《つか》れているのを見て、色々と気遣《きづか》ってくれているのだろう。きっと、あれだ。自宅で初めて見せる、優等生モードの動きなんだ。

元々は気遣《きづか》いが行き届いている人間だから、当然、俺は至れり尽《つ》くせりを味わえる。

もし結婚《けっこん》したら、疲《つか》れているときはずっと、こんなに良《い》い思いができるのだろうか？

「……気が早いな。あいつ、まだ高校生だぞ」

変なことを考えてしまった。ユズのプロポーズにあてられているのか？

それか、疲《つか》れているんだろうな。早く風呂《ふろ》に入って寝《ね》る準備を整えよう。

服を脱《ぬ》ぎ、浴室に入ってシャワーで身体《からだ》を流して、頭を洗い始める。

途中《とちゅう》、まったく予想していなかったことが起きた。

「銀《ぎん》、ちょっと入るねー」

「……へ？」

背後から音がしたと思ったら、もう浴室内に桐原《きりはら》が立っていた。

髪《かみ》を洗っている最中で下を向いているから足しか見えないけど、間違《まちが》いなく桐原《きりはら》だ。

「ど、どうした？」

「すごく疲《つか》れているみたいだし、背中流してあげようと思ってーっ！　あと、嫌《いや》じゃなかったら、一緒《いっしょ》に浸《つ》かっちゃおうかなーって」

初めて突撃《とつげき》してきたのに、桐原《きりはら》の声色《こわいろ》は変わらない。いつもより明るいくらいだ。

「いや、でも、一緒《いっしょ》に入ると、その……」

我慢《がまん》するつもりだが、我慢《がまん》にも限界があるというか。

「あ、それは大丈夫《だいじょうぶ》。頭流して、こっち見て」

言われた通りにして、きちんと桐原《きりはら》を見た。一目で、桐原《きりはら》の言葉を理解する。裸《はだか》じゃなくて、学校指定の水着姿だった。しかも、下半身はズボン型ではなく、V型だ。

「土日に銀《ぎん》が来たとき、水着なら一緒《いっしょ》にお風呂《ふろ》入れるかもーと思って、前に使っていたやつを引っ張り出したの。銀《ぎん》は、こっちの方が好きだろうしね。これなら入ってもいいでしょ？」

「…………」

「……銀《ぎん》？」

「いや……水着姿、初めて見たなと思って……」

「え。でも、授業で――あ、そっか。いつも見せてないもんね」

桐原《きりはら》はプール授業中、ラッシュガードと水泳ゴーグルを着けて『地味』を装《よそお》っていた。

今の水着姿は、それとはまったく異なる。

ピチッとした生地《きじ》を押し返している胸はいつも通り、とても大きくて、立派だ。ずっと見ていても飽《あ》きないだろう。露《あらわ》になっている肩《かた》は女性らしく、ほどよく丸みを帯びている。反して、お腹《なか》はイイ具合に引《ひ》き締《し》まっている。……でも、触《ふ》れると、胸と同じで心地《ここち》よい弾力性《だんりょくせい》があることを、俺はもう知ってしまっている。

「まぁでも、あまり変わらないでしょ？　それとも銀《ぎん》は興奮しちゃう系？　水着フェチだったりするの？」

「いや、そういうのは、ないはずなんだが……」

「そか。じゃあ、大丈夫《だいじょうぶ》だよね？　一緒《いっしょ》に入ってもいいでしょー？」

どうやら、桐原《きりはら》はどうしても一緒《いっしょ》に入りたいらしい。平日同棲《どうせい》スタートではしゃいでいるみたいだ。喜んでいるし、できれば応えてやりたい。俺が変に構えなければ実現できる希望だ。

「わかった。……でも、タオルは巻いていいか」

「あ、はいはい。そうだね。そっちが裸《はだか》だと、まぁ……ね？」

意味を理解して照れる表情も、水泳ゴーグルがないから見放題だ。

……何故《なぜ》かわからないが、今日はそれだけで変な気分になってくる。

絶対にユズのせいだ。くそ。桐原《きりはら》からタオルを受け取りつつ、心中で思い切り毒づいていた。

「背中流すから、後ろ向いてー」

照《て》れ隠《かく》しなのか、桐原《きりはら》は明るいテンションで空気を変えてくる。

背中を向けると、ボディタオルで泡《あわ》を丁寧《ていねい》にのばしてくれた。自分で洗うとなんともないが、洗ってもらうと少しくすぐったい――でも、不快ではない。むしろ気持ちよかった。

「お兄さん、かゆいところないですかー」

「なんのお店だよ」

「そういうお店だよ。こういうこと言ったりしないの？」

頼《たの》むから今はそういうのをやめてほしい。……とにかく我慢《がまん》だ。我慢《がまん》。

「銀《ぎん》に触《さわ》るといつも思うけど、やっぱり男のひとの身体《からだ》つきだよね。たくましい」

「そんなに鍛《きた》えてないだろ？」

「ううん。引《ひ》き締《し》まってるよ。お風呂上《ふろあ》がりにいつもストレッチしてるし、ゲームの合間にもよく筋トレしてるじゃん」

それも全部、ユズからの影響《えいきょう》だ。

ユズは風呂上《ふろあ》がりのストレッチを欠かさないし、筋トレもサボらない。付き合っているうちに、俺も習慣になっていった。……この間、風呂《ふろ》に突撃《とつげき》してきたユズの姿が一瞬《いっしゅん》頭をよぎり、また悶々《もんもん》としてしまう。

「前は自分で洗う？」

「……あぁ」

いま触《さわ》られたら、たぶん色々ダメです。

「おっけ。また風邪《かぜ》引くと困るから、先に湯船入っちゃうね」

ボディタオルを手渡《てわた》して、桐原《きりはら》は先に湯船に浸《つ》かる。水着は着ているけど、いつもと違《ちが》う光景にドキドキしてしまう。中学生か、俺は。……だが、欲求不満になるのも無理はない。ひとりになる時間がなかったから、どうしてもたまるもんは、たまる。

考えてもしょうがないので話題を切《き》り替《か》えることにした。

「桐原《きりはら》はあまり湯船に浸《つ》からないよな」

「まぁねー。……ひとりだと、なんか怖《こわ》くてさー」

「それもだけど、倒《たお》れちゃったら助けてもらえないじゃん？　銀《ぎん》がいてくれると、そういうところも助かるんだよね」

話をしている間に身体《からだ》を洗い終える。

「終わった？　こっちおいでよー」

桐原《きりはら》は身体《からだ》を少し起こして、浴槽《よくそう》の縁《ふち》に胸を乗せる格好になった。

たぷんっ、と幻聴《げんちょう》が聞こえそうなボリュームについ視線が吸い寄せられる。

「銀《ぎん》？」

「……なんでもない。一緒《いっしょ》に入るから、ちょっと待ってくれ」

シャワーノズルに手を伸《の》ばして蛇口《じゃぐち》を捻《ひね》る。お湯の方ではなくて、水の方だ。冷水を思い切り頭から被《かぶ》った。

「冷たっ⁉　何してるのッ？」

「……すまん。頭と心を冷やさないと、今日は無理」

「え～っ？　と、とりあえず水はやめて。風邪《かぜ》引くよ」

きゅっ、と蛇口《じゃぐち》をお湯に切《き》り替《か》えられてしまう。

「急にどうしちゃったの？」

「……疲《つか》れているせいか、我慢《がまん》できる自信がない」

「……お化けが？」

「疲《つか》れていると、そうなるの？」

「生物学的にはそうらしい。死にかけていると、子孫を残すために脳が働きかけるとか……」

「あぁ～……疲《つか》れなんちゃら、ってやつね。でも本当にそれだけ？」

「いやまぁ、ここ数日、色々とあったけど……あ」

しまった、と思ったときには遅《おそ》かった。

桐原《きりはら》がジト目になっている。

「何があったの？」

「誤解だ。ユズが家にいてひとりになる時間もなかったってだけで、やましいことはない」

「ほほぉ。でも、柚香《ゆずか》さんを意識はしてた？」

際《きわ》どい質問だ。言葉に詰《つ》まると、桐原《きりはら》が先にニッコリ笑う。

「一緒《いっしょ》に入ろっか。来てくれるよね？」

「……はい」

まだ若いのに、暮井《くれい》さんと同じくらい怖《こわ》かった。こうなってしまっては素直《すなお》に従うしかない。

浴槽《よくそう》に入り、桐原《きりはら》の背中側に陣取《じんど》る。両足の間に桐原《きりはら》が座っている状態だ。

後ろから抱《だ》きすくめるが、桐原《きりはら》はツンとした様子で甘えてこない。

「さっきの答えだけど、そりゃあ、まったくユズを意識しなかったと言えば、嘘《うそ》になる。けど、それはあれだぞ。週末、桐原《きりはら》と散々くっついて帰ったあとにユズが近くにいるから、うが～っ、ってなっただけだ。ユズにじゃなくて、桐原《きりはら》を意識したってことになるんだからな？」

「……なるほど？」

桐原《きりはら》は顔だけ振《ふ》り向《む》かせて、肩越《かたご》しにちらりと俺を見てくる。

「それなら、許すしかないね。えへへ」

笑ったあと、遠慮《えんりょ》なく背もたれてきた。

……可愛《かわい》いな、こいつ。

「んっ？　……ン」

思わず桐原《きりはら》の顔に手が伸《の》びてしまった。ちょっと窮屈《きゅうくつ》な姿勢を強《し》いることになってしまったけど、気が付けば振《ふ》り向《む》かせて、キスをしていた。

「ン……んんっ……んはぅ……」

キスの水音と声が浴室内で反響《はんきょう》する。

顔を離《はな》すと、桐原《きりはら》はとろんとした目をして、嬉《うれ》しそうに微笑《ほほえ》んだ。

「銀《ぎん》からキスしてくれるの、珍《めずら》しいね……幸せ感じちゃった」

「こんなので幸せになってくれるなら、いくらでもしてやる」

「わーおっ。かっこいいっ。……そういうこと、言うタイプだったっけ？」

桐原《きりはら》は少し茶化してくるが、俺は正直、それどころじゃない。

水着越《ご》しでも、桐原《きりはら》の身体《からだ》は柔《やわ》らかい。綺麗《きれい》な髪《かみ》の毛《け》は濡《ぬ》れると、より艶《つや》が映《は》える。

……本当なら、卒業までは触《さわ》ってはいけない身体《からだ》だ。

だが――触《さわ》ってもいいよ、といつも言われている、魅力的《みりょくてき》な身体《からだ》だ。

連日の我慢《がまん》も限界だったのか、前に回している手で、思わず桐原《きりはら》のお腹《なか》を撫《な》でてしまった。

「んっ……くすぐったいよ、銀《ぎん》」

抗議《こうぎ》の声が上がるが、俺は手を止めない。止められなかった。

水着の上からふにふに触《さわ》っていると、桐原《きりはら》は身じろぎした。

「触《さわ》り方、エッチだよ……」

「……だな。もう、やめる」

と言いつつ、俺の目は、肩越《かたご》しに見える桐原《きりはら》の立派な胸に釘付《くぎづ》けだ。

これ以上は危険だとわかっているのに、どうしても気になってしまう。

「触《さわ》りたいなら触《さわ》っていいよ？」

視線を感じたのか、桐原《きりはら》から尋《たず》ねてきた。

「いや、でも今日は――」

「無理はよくないよ。……私は銀《ぎん》に触《さわ》られるの好きだよ？　大きい胸なんて、ハニートラップに枕《まくら》営業、グラビア、好きなひとに喜んでもらうくらいしか役に立たないんだから。最後以外の使用法は絶対ごめんだし」

世間的には許されない行為《こうい》だけど、桐原《きりはら》は免罪符《めんざいふ》をたくさん用意してくれる。

「触《さわ》っていいんだからね。銀《ぎん》が喜ぶなら、私も幸せだし――んんぅっ……」

返事の代わりに指を這《は》わせると、さっそく反応が返ってきた。

腹部よりも柔《やわ》らかいけど、不思議な張りもある。軽く揉《も》んでいるだけで、とても幸せな気分になれる。はぁあっ……と桐原《きりはら》が息を吐《は》いて、脱力《だつりょく》していく。

「銀《ぎん》、力加減、本当に上手……」

「そうか？」

「うん……すごく気持ちいい」

揉《も》む動きから撫《な》で回《まわ》す動きにすると、桐原《きりはら》はますます力を抜《ぬ》いていく。

でも、長く続けていると、今度は逆に身体《からだ》に力が入るようになっていった。

「んっ……んぅぅ……あうぅ……」

息遣《いきづか》いに切なそうな声が混じるようになると、桐原《きりはら》は物欲《ものほ》しそうな視線を送ってきた。

「……直接は、触《さわ》らないの？」

水着と身体《からだ》の隙間《すきま》に指を通す。手のひら、手首まで潜《もぐ》り込ませてから、素肌《すはだ》の感触《かんしょく》を楽しむ。

絹みたいな優《やさ》しい触《さわ》り心地《ごこち》に、感動すら覚える。

「銀《ぎん》、もっと……。触《さわ》るだけだと、切ないよ……ひゃうっ⁉」

膨《ふく》らみの頂点を指の腹同士で挟《はさ》むと、大きな反応が返ってきた。

きゅうっ、と締《し》めたまま止まっていると、「あぁぁ……」と弱い声が間延びする。

力を緩《ゆる》めると桐原《きりはら》は浅い呼吸を繰《く》り返《かえ》し、肩《かた》を上下させた。顔は、真っ赤だ。耳を舐《な》めると、ぴえっ、と小動物みたいな鳴き声が漏《も》れた。

「……ごめん、一回、お湯から出て身体《からだ》洗う。これ以上続けられるとヤバヤバ」

桐原《きりはら》は照れ笑いしながら湯船から上がり、ぬるま湯のシャワーで汗《あせ》を洗い流す。

「早く卒業したいよねー。そしたら色々とさぁ……でも、我慢《がまん》がまーん、がまーんっ♪」

桐原《きりはら》は苦笑《くしょう》交じりに即興《そっきょう》の歌を披露《ひろう》し始める。

俺は無言で桐原《きりはら》を見つめ続けていた。

細い首から伸《の》びる引《ひ》き締《し》まった背中、そこから続くお尻《しり》のラインがとても魅力的《みりょくてき》だ。

「…………」

誘《さそ》われるように俺も湯船から上がる。

桐原《きりはら》の肩《かた》を摑《つか》み、振《ふ》り向《む》かせた。えっ？　という顔をする桐原《きりはら》に、不意打ちでキスをした。

目を開いて驚《おどろ》くが、すぐに目を細めて幸せそうに受け入れてくれる。舌を絡《から》ませると、鼓動《こどう》を落ち着けるように胸に手を置いているのが見えた。

唇《くちびる》を離《はな》すと、少し苦しそうにする。

「銀《ぎん》……あっ……」

内股《うちまた》に指を這《は》わせると、わかりやすく固まった。

付け根に指を這《は》わすと、ぬるっとした感触《かんしょく》がある。桐原《きりはら》は唇《くちびる》を嚙《か》んで、恥《は》ずかしそうに下を向く。両足の間に触《ふ》れると、「にゃぁっ……」と可愛《かわい》い声を上げて、洗い場の床《ゆか》に腰《こし》を下ろす。

追いかけるように屈《かが》んで、桐原《きりはら》の腰《こし》を掴《つか》み、引き寄せた。

「えっ……あれ、銀《ぎん》？」

想定外だったのか、桐原《きりはら》は驚《おどろ》き、戸惑《とまど》っていた。

長湯のせいか、桐原《きりはら》の魅力《みりょく》にあてられているせいか、思考がうまく働かない。

ただ、桐原《きりはら》にもっと近付きたかった。もっと……欲《ほ》しかった。

「する、の？」

その一言でハッと我に返る。

「す、すまん。ここまでに――」

「シたいなら、いいよ？」

今日一番の免罪符《めんざいふ》をチラつかされた瞬間《しゅんかん》、心臓が大きく、はっきりと跳《は》ねた。

下にいる桐原《きりはら》を見つめ返す。

――酒を飲んで覚えていないけど、俺と桐原《きりはら》は一度、最後までしている。

――だったら今日だけ、もう一度……。

言葉は発しなかったけど、俺の本心を察したのか、桐原《きりはら》はものすごく艶《つや》のある表情になった。

期待を隠《かく》し切れない、俺を惑《まど》わせる魔性《ましょう》の顔だ。

「身体《からだ》は正直だからさ――ずっと欲《ほ》しがってるもん。……好きにしていいからね。銀《ぎん》が喜んでくれるなら……本当に、なんだってする……」

言いながら、桐原《きりはら》は大事な部分を覆《おお》っている布に手を掛《か》けて、軽くずらす。

……俺が腰《こし》に手を掛《か》けて引き寄せると、自分から腰《こし》を浮《う》かせて、角度も調整してくれた。

そのいじらしい仕草と期待に満ち満ちた表情が、俺へのトドメだった。

「銀《ぎん》、来て……」

心臓が大きく跳《は》ねて暴れている。頭がくらくらして、視界もぼやけている。興奮のせいか、呼吸も安定しない。

「銀《ぎん》?」

って、なんだこれ。

身体《からだ》をまっすぐにしていられず、よろめく。

「銀《ぎん》っ⁉」

「目が、まわっ……おぉぉ……?」

「きゃーっ! 大変! 出て! 外に出てっ‼」

完全に湯あたりだった。桐原《きりはら》に支えられながら、脱衣所《だついじょ》へ転がり出る。

それから二時間後。俺と桐原《きりはら》は寝室《しんしつ》にいた。二人で、ベッドに横になっている。

「すまん……」

「いえいえ」

　俺の体調はだいぶ元に戻《もど》っている。桐原《きりはら》が濡《ぬ》れタオルや氷枕《こおりまくら》、保冷剤《ざい》を使って応急処置をしてくれたおかげだ。

「今日の銀《ぎん》は、本当に疲《つか》れていたんだね～」

「面目《めんぼく》ない……」

「責めているんじゃないよ。そういう日もあるよね。って話」

「うぅ……」

「なんで落ち込んでるの？」

「湯あたりを起こしたのも情けないんだけど、それより、自制できなかった方が……」

「あはは。危なかったよねぇ」

　よしよし、と桐原《きりはら》は俺をなだめてくれる。今日は、桐原《きりはら》が年上みたいだ。

「私が煽《あお》ったのが悪かったんだよ。疲《つか》れもあったんだし、しょうがない、しょうがない」

「うーん……」

　体調云々《うんぬん》より、欲求不満だった可能性が非常に高い。原因はもちろん――頭をよぎったユズの顔を慌《あわ》てて打ち消す。また気取られたら、今度こそ襲《おそ》われそうだ。

「銀《ぎん》から触《さわ》ってくれるのが嬉《うれ》しくてついつい流されちゃったけど、シなくてよかったんじゃないかな。一度すると、これからずーっと歯止め利《き》かなくなりそうだし、銀《ぎん》、めちゃくちゃ落ち込みそうだし……本音を言うとシたかったけど、がまん、がまん……」

至近距離《きょり》で見つめてくる桐原《きりはら》は、とてもいい顔をしている。求められるのが嬉《うれ》しかったのかもしれない。

「お楽しみは卒業後に取っておこうね。……我慢《がまん》した分、絶対、気持ちいいよね？」

「……間違《まちが》いない」

「んふふっ。期待しちゃう。私の気が済むまで、シてね？」

「どっちが先にギブアップするだろうなぁ……」

「えぇ～……？　ちょっと怖《こわ》いんですけど」

どんな想像をしているのか、桐原《きりはら》は赤くなる。

「そんな、怖《こわ》がること、ないだろ……」

どうにか喋《しゃべ》っているが、とても眠《ねむ》い。湯あたりもあったせいか、限界が近い。

「どうして？」

「だって……俺、酒に酔《よ》って……お前と、一度……」

「あっ。銀《ぎん》、あのね、その話なんだけど」

「………………」

「銀《ぎん》？」

「あ、すまん……もう、眠《ねむ》くて……」

「……そっか」

「何か、話か……？」

「ううん。なんでもない。おやすみ、銀《ぎん》」

「あぁ……おやす、み……」

密着している桐原《きりはら》の体温を感じながら、意識を手放す。これ以上ない、幸せな寝入《ねい》りだった。

＊＊＊

それから数週間が過ぎて、九月が終わり、十月に入った。しつこい残暑も鳴りを潜《ひそ》め、季節は夏から秋に変わり、クールビズも終了《しゅうりょう》だ。

桐原《きりはら》との同棲《どうせい》生活が始まってからは日常も落ち着き、夏休みから溜《た》め込んでいた疲労《ひろう》をようやく取ることができた。

と言っても、教師生活に息をつく間がないのは、相変わらず。

九月の後半は、十月の上旬《じょうじゅん》に行われる中間試験の問題作りで忙《いそが》しかった。

暮井《くれい》さんは俺の疲《つか》れを考慮《こうりょ》して、「今回は半々でやりましょう」と言ってくれた。

一学期の期末をしっかり作った経験もあったし、今回が一番楽だった。

「最近は仕事の調子、よさそうじゃない」

「えぇ。おかげさまで」

「きっと、良《い》いことがあったのね」

他の先生が聞いているので、暮井《くれい》さんはぼかして言ってくる。

対する俺も、苦笑《くしょう》を返すことしかできない。

「いいことよ。まだ解決していないこともあるんでしょうけど、楽しみなさいな」

暮井《くれい》さんに言われた通り、桐原《きりはら》との同棲《どうせい》生活はとても安定している。

一人暮らしのときから、生活リズム自体は大きく変わっていない。

出勤は早く、帰るのは遅《おそ》く、夜も早く寝《ね》る。平日に桐原《きりはら》と家で過ごせるのは三時間から四時間程度。俺が仕事を持ち帰ることもあるから、接している時間はもっと少ない。

それでも俺たちは一緒《いっしょ》に夕飯を作り、一緒《いっしょ》に食べて、余裕《よゆう》がある日は寝《ね》る前に少しゲームをする。それから、同じベッドで寝《ね》る。

「一緒《いっしょ》に寝《ね》るのは特別なときだけ」のはずだったが、今では定番になってしまった。

桐原《きりはら》は喜ぶし、俺も嫌《いや》ではないから、断っていない。

自制心を強く持たないといけないところだけは、苦労するけども。

ただ、部屋の明かりを消す前、腕《うで》の中で屈託《くったく》なく笑う桐原《きりはら》を見られるのはとてもいい気分なので、今後も続けていく予定だ。

……今も、俺たちは一日を終えて、暗い部屋の中で楽しく話をしている。

「銀《ぎん》が平日も来てくれるようになってから、もうちょいで一ヶ月かぁ……ずっと一緒《いっしょ》に住むとお互《たが》いの嫌《いや》なところが見えて喧嘩《けんか》になるかなって心配したけど、全然そんなことないね」

「長くいればそういうこともあるだろうけど、今のところはな」

「うんっ！」

「んっ……？」

枕元《まくらもと》で俺のスマホが震《ふる》える。

学校関係で緊急《きんきゅう》の連絡《れんらく》かもしれないから、一応、送り主だけ確認《かくにん》する。

「職場から？」

「いや、ユズだな」

「がうがう、がるるーっ」

「吠《ほ》えるな吠《ほ》えるな」

「冗談《じょうだん》だよ」

強がりではなく、本当に冗談《じょうだん》だった。俺の心が自分にしっかり向いているのがわかっているので、最近はユズから連絡《れんらく》があっても気にならないらしい。

「柚香《ゆずか》さん、なんだって？」

「ひとまず業界を絞《しぼ》って、あちこちに応募《おうぼ》しているらしい。筆記試験に向けて参考書も解き始めているんだってさ」

就活の報告以外にも連絡《れんらく》が来ることはある。

たとえば、『回覧板？　が届いたんだけど、これどうすればいいの？　見に来てよ～』とか、

『ちゃんとご飯食べてる？　たまには一緒《いっしょ》に食べようよ～』といった感じ。

何かしらの理由を探して、俺に戻《もど》ってくるように働きかけている雰囲気《ふんいき》だ。

『無職なせいか、ひとりだと落ち着かないっ！』とも言っていたが。

「まぁ、こうして連絡《れんらく》を寄越《よこ》すってことは、ユズも寂《さび》しいんだろうな」

「ふぅ～ん」

あ、今の相づちからは軽い嫉妬《しっと》成分を感じたぞ。

「返事しなくていいの？」

「別に明日でいい。……今の俺は、お前だけだからな？」

「うんっ♪」

ぎゅーっと腕《うで》にしがみついてくる。気を付けていれば問題ないが、厄介《やっかい》な嫉妬《しっと》屋さんなのは、
変わっていない。

＊＊＊

桐原《きりはら》との同棲《どうせい》生活は順調。

十月上旬《じょうじゅん》に行われた中間試験も、生徒たちの不正や問題の不備もなく、無事に終わった。

……しかし。

俺が担任を務めているクラスでは夏の学校説明会——プレ文化祭に続き、またまた問題が発生していた。

「羽島《はしま》先生。文化祭の計画書なんだけど、まだ生徒会に提出できてないんですって？」

暮井《くれい》さんは今回、教頭に代わって学校サイドの承認《しょうにん》を検討する立場に就《つ》いている。

「そうなんです……すみません」

「期限まで一週間あるからいいんだけど……間に合いそうなの？」

「大枠《おおわく》は決まっているんですが、最後の詰《つ》めのところで生徒同士が揉《も》めてまして……」

「あらあら。前回に続いて災難ね。あなたのクラスは頭の回転が速い子が多いから、計画段階で揉《も》めやすいんだろうけど」

「それ、東《あずま》と笠原《かさはら》のこと言ってます？」

「そうね。クラスの男子代表・東《あずま》くんと女子代表・笠原《かさはら》さんの構図でやり合ってる感じ？」

「……さすがです」

まさにその通りだった。暮井《くれい》さんはよく生徒のことをわかっている。教師の経験は俺と数年程度しか変わらないはずなんだけどなぁ……。

「ちなみに、なんでそんなに揉《も》めてるの？」

「メイド喫茶《きっさ》をやる予定なんですが、予算の割《わ》り振《ふ》りで、色々と……」

「だーかーらーっ！　メイド喫茶《きっさ》やんのに、なんで服の予算をケチろうとするんだよ！」

試験期間が終わったばかりのホームルーム……普通《ふつう》なら明るくなりそうなのに、教室には東《あずま》の叫《さけ》びが響《ひび》いていた。

「調理班からの提案だって言ってるでしょーが！　服が綺麗《きれい》でも、食費を削《けず》って不味《まず》いモノ出したらお客さんも興ざめよ！　そんな店で『メイド可愛《かわい》いな～』なんて言ってもらえると思う？」

反論しているのは、例によって笠原《かさはら》だ。

プレ文化祭で売り上げ一位を獲得《かくとく》。追加予算も狙《ねら》い通りに手に入れ、満を持してメイド喫茶《きっさ》の営業中にやる企画《きかく》を考案——までは調子がよかった。

一時間に一回程度、お客さんにも参加してもらって、メイドとゲームをする。勝てたら賞品を渡《わた》す。

有志で一日限りのメイドアイドルグループを作って、お客さんの前でカラオケライブをやる。

……とまぁ、なかなか楽しそうな企画《きかく》が集まったわけだ。

あとは詰めの部分。喫茶店《きっさてん》なのだから、とメニューを決める調理班を結成した。

その調理班がメニュー構成を仮組み。具体的なレシピを考案した辺りで、歯車が狂《くる》い始めた。

「あんたがそこまでメイド服にこだわる理由はなんなのよ！　思春期らしいスケベ心？」

「否定はしない！　でも、勝ち筋はある！　お前にこれを言うのはやや敗北感があるけど、うちのクラスは女子のレベルが高いって評判なんだよ！　……ぶっちゃけ、お前らがメイド服を着るってだけで、たぶん相当来るぞ？」

「……あ、そう」

反論しまくっていた笠原《かさはら》がトーンダウンする。男子代表の東《あずま》は顔もいいが、飾《かざ》らない態度と口のうまさも人気の秘訣《ひけつ》だ。

下心を隠《かく》さず、敵対する女子もちゃんと立てられる辺りにスマートさがある。

まぁ、この調子なら、どこへ行ってもモテモテだろう。

「でもねぇ……それでも、メイド服着て盛り上がるのって完全な内輪ネタじゃない？　最初にみんなで決めた目標があったじゃん。一番目、みんなが楽しめて思い出に残る文化祭にしよう。二番目、今回も売り上げ一位の獲得《かくとく》を目指そう！　って」

一番目は、お店をやる、ということでだいぶ解決した。

賑《にぎ》やかなお祭《まつ》り騒《さわ》ぎをやりたい奴《やつ》は、メイドと執事《しつじ》に扮《ふん》して客前に立って接客をする。

そういうのが苦手な連中は、内装や手芸、調理、宣伝といった裏方に回り、役割を果たす。

いま問題になっているのは二番目の話、というわけだ。

「メイド服をちょびっと豪華《ごうか》にする程度で、本当に売り上げ一位獲《と》れる？」

「いける！　逆に、せっかく店をやる前から評判なのに、ショボいメイド服でお出迎《でむか》えしたら午前中で『大したことねぇな』って噂《うわさ》流されて、爆死《ばくし》しないか？」

「……うーん」

ちなみに、ホームルームで東《あずま》と笠原《かさはら》が激しく討論をしているが、本番はこの後。

解散後、クラスの男子、女子それぞれのチャットグループで意見が交《か》わされるらしい。

東《あずま》が男子、笠原《かさはら》が女子の意見をチャットで吸い上げ、またホームルームでそれを闘わせて、終わったらそれを持ち帰って——という流れができているのだとか。

会社かよ。……会社だな。

桐原《きりはら》曰《いわ》く、こんなシステムができるクラスは珍《めずら》しいそうだ。精神年齢《ねんれい》が高い子が集まったからではないか、と桐原《きりはら》は推察していた。

「でもさ、東《あずま》……あっちの言い分も一理ないか？　不味《まず》いモノ出す飯屋とか、クソだぞ」

「……いやまぁ、そうだけど」

一応、ホームルーム中でも他の男子からこうして意見が入ることもある。

この辺りのバランスの良さも含《ふく》めて、クラスのレベルは確かに高い。

ただ、今は「うーん……」と東《あずま》も笠原《かさはら》も唸《うな》り始めてしまった。

いい時間だし、今日はここまでかな。

「話が止まっちゃったし、解散にしよう。一応、今週いっぱいまでは待てるしな」

俺が口を挟《はさ》むと、全員の目がこちらへ向いた。

「気休めにならないかもしれないけど、実のある議論になっていると思う。全員が納得《なっとく》できる結論を出せなくても、売り上げ一位になれなくても、いい経験になるんじゃないかな。……それはさておき、最後の最後、どうしても自分たちで意見がまとまらないときは、俺が決めて、憎《にく》まれ役《やく》になるつもりだ。みんなは焦《あせ》らず、このまま議論を続けてくれ。……日直！」

「きりーつ、れいっ」

終礼《しゅうれい》が済んだ途端《とたん》、張《は》り詰《つ》めていた教室の空気が一気に緩《ゆる》む。

ただ、東《あずま》は悩《なや》み続けているし、笠原《かさはら》は「はぁあっ～……」と机に突《つ》っ伏《ぷ》している。

そんな二人を、仲のいい連中が労《ねぎら》いに行く。ちゃんと青春していて、ちょっとうらやましい。


中間試験が終わったので、持ち帰りが発生するような仕事はしばらくなさそうだ。

しかし、クラスがあんな状況《じょうきょう》なので、帰宅後に桐原《きりはら》と交《か》わす会話もそっちに寄る。

「今日も決まらなかったね」

食後の紅茶を飲みながら、桐原《きりはら》はスマホをポチポチ操作している。

「クラスのチャットか？」

「うん。女子側のね」

「……どんな具合？」

「女子も意見が割れてるねー。服の効果を疑問視する笠原《かさはら》さんの意見に賛同するひともいれば、女子の晴《は》れ舞台《ぶたい》的な企画《きかく》だから、良《い》い服着てみたーいって意見もある。私の読みだけど、明日もまだ決まらないね」

「うーん……」

「さっき、私宛《あ》てにこっそり笠原《かさはら》さんから弱音が来たから、明日は私の出番かも」

「いざってときの桐原《きりはら》さん、待機中か」

「まぁね……でも、私は銀《ぎん》の考えが気になる」

「俺の考え？」

桐原《きりはら》はスマホから視線を切って、両肘《りょうひじ》をテーブルにつき、形のいい顎《あご》を両手で支える。

「先生さ、珍《めずら》しく、最後は俺が決めるってみんなの前で言ったでしょ。クラスで言うのは初めてだったかな。ああいうことを銀《ぎん》が言うのって、勝ち筋を握《にぎ》ってるときじゃない？」

「……どうしてそう思う？」

「ゲームしててさ、たまーにああいうの言うじゃん。基本、私が攻略法《こうりゃくほう》を考えて、銀《ぎん》はそれについてきてくれる。でも、口を出すときもある。それは自信があるときだよ。私計測だけど、そういうときはいっつも勝つし、正しい」

「買《か》い被《かぶ》りすぎじゃないか？」

「でも、考えがあるんでしょ」

「……まぁ、な」

「どうしてみんなに伝えないの？」

「文化祭の相談は生徒主導って聞いてるからだよ」

「それ、気にしすぎじゃないかな。何やるかは私たちに決めさせて、あとの段取りはほとんど先生が決めちゃった、ってクラスもあるよ」

初耳だった。暮井《くれい》さんはなるべく自分で決めさせている、と言っていたので、俺もそういうものだと思っていたんだけど……。

「任せてくれるのは嬉《うれ》しいし、いいことだけどね。言いたいことがあるなら私は聞いてみたいな。銀《ぎん》だってクラスの一員でしょ？」

「……なるほど。その考えはなかったなぁ」

最後の手段で俺が決める前に、意見のひとつとして伝えて、みんなに考えさせるのはアリに思える。

ただ——個人的な問題で、俺の弱さなんだけど、みんなの前で意見を出すのが怖《こわ》い、という気持ちもある。

最初に就職した会社で新卒が集められ、みんなの前で業務報告をしたときの苦い記憶《きおく》が蘇《よみがえ》る。

上司の罵声《ばせい》、部屋の光景……今でも忘れられない。

「……ごめん。余計なお節介《せっかい》だった？」

「あ、違《ちが》うんだ。桐原《きりはら》の意見はすごく参考になった。一晩、考えてみるよ」

「うん。……あのね、もしどれだけ話がこじれちゃっても、最後は私がなんとかするから！」

「……いや、それはダメだ。桐原《きりはら》の存在は大きいし、ありがたいけど、いつまでも甘えているのはよくない」

昔から大勢の前で意見を言うのは苦手だし、クラスで何かを決めるときも、誰《だれ》かが決めるのを眺《なが》めている側の存在だった。でも、俺はもう教師なんだ。

逃《に》げ続けるわけにはいかない。既《すで》に大人からも信頼《しんらい》を集めている桐原《きりはら》の隣《となり》に立っても恥《は》ずかしくないように、前へ進む努力をするべきだ。

それに、桐原《きりはら》も文化祭を楽しまないとダメだ。なるべく、負担は掛《か》けたくない。

「一晩、考えるまでもないな。明日、みんなに意見を言ってみるよ」

＊＊＊

翌日も、終礼《しゅうれい》前のホームルームは文化祭の話し合いに時間を割《さ》く。

桐原《きりはら》の予想通り、議論は一向に進まない。

食材に予算を割《さ》くか。それとも、メイド服に重きを置くか。

どちらも一長一短で決め手がなく、答えが決まらない。

頼《たの》みの東《あずま》、笠原《かさはら》も悩《なや》み込んでしまっているし、試《ため》しに多数決を取ってみてもバラバラだ。

「……桐原《きりはら》さんの出番じゃない？」

誰《だれ》かが言って、視線が桐原《きりはら》に集まった。

期待感が高まる中、俺は発言する。

「みんな。桐原《きりはら》にまとめてもらう前に、俺の考えをちょっと話してもいいか？」

ん？　と空気が変わる。

ざわざわした黒い不安が背中を走るが、唾《つば》を一飲みしてから、早口にならないように、ゆっくり話し出す。

「なるべく生徒同士の話し合いで決めるように、って言われてるけど……俺も、ここの一員だからな」

完全な受け売りだが、自分を落ち着かせるために、あえて桐原《きりはら》の言葉をなぞる。

「実は先生、学生時代に居酒屋でバイトをしていたんだ。そこの店長から、料理と一緒《いっしょ》に経営の話も少し教わった」

黒板の前に移動して、チョークで『売り上げ』と文字を書く。

「予算を服に割《さ》くか、食材に割《さ》くか——どっちが楽しいか、どっちが売り上げに繋《つな》がりそうか、っていう話をしているんだよな。一旦《いったん》、後者の売り上げについて、みんなに確認《かくにん》したい。メイド喫茶《きっさ》の売り上げって、具体的には何で構成される？」

しん、と静まり返る。……まずい。質問がわかりにくかったか？

「喫茶店《きっさてん》だから、売り上げた商品、ですよね？」

助け船を出してくれたのは桐原《きりはら》だ。

「正解。……まぁ、巷《ちまた》で営業しているガチのメイド喫茶《きっさ》だと、メイドさんのサービス料も含《ふく》んでいると思うけど、文化祭でメイド喫茶《きっさ》をやるなら、きっと商品の方が数字には繋《つな》がるよな。クラスの女子目当てで他のクラスから男子が来ても、お茶やお菓子《かし》を注文しなければ売り上げには繋《つな》がらないんだ」

「えー、でもさ先生。そもそも客が多く来なかったら、食い物も売れなくない？　昨日も言ったけど、服がショボいって噂《うわさ》が広がったらみんな来なくなるぞ？」

東《あずま》の反論に「そうだな」と俺も頷《うなず》く。

「それも、間違《まちが》いじゃない。……メイドを、クラスの一番の『売り』にするならな。でも、食べ物がおいしいのも、立派なアピールポイントになる。東《あずま》も、うまいもん好きだろ？」

「まぁ、そりゃあ……確かに？」

「で、まぁ、これもバイト時代の店長の受け売りなんだけど、店をやる場合、一日の流れを想像するのが大事なんだ。文化祭って、楽しいけど疲《つか》れないか？　腹減るし、喉《のど》も渇《かわ》く。休憩所《きゅうけいじょ》、欲《ほ》しくなるよな？」

東《あずま》は黙《だま》って頷《うなず》く。笠原《かさはら》や桐原《きりはら》、それからみんなの表情も確認《かくにん》してみるが、否定の声は出ない。

「まとめ上手の桐原《きりはら》を参考にして、先に俺の考えを言うけど——もしも俺が店長として店の方向性を決めるなら、衣装《いしょう》じゃなくて、食材に予算を割《さ》く。衣装《いしょう》目当てで来る客はうちの生徒だけで、文化祭を見学に来た部外者には強みになりそうにないからだ。逆に、食べ物がおいしいのは、たいていの人間に刺《さ》さる。……それに、他にも食材を優先する理由があるんだ」

さっき書いた『売り上げ』の文字を指差す。

「飲食店が稼《かせ》げる数字って、実は無限じゃないんだよ。絶対に限界があるんだ。どうしてか、わかるひと？」

「はいっ！　それ、家が総菜屋だからわかる！　材料と、料理人の手に限界があるから！」

威勢《いせい》よく、女子がひとり手を挙げた。「正解」と俺も返事をする。

「特に文化祭の場合は材料だ。衣装《いしょう》に予算を割《さ》いて、仕入れる食材の数を減らす。これをやると売り切れが早まる可能性がある。喫茶店《きっさてん》だからな。そうなったら、どれだけメイド服を着た人間が可愛《かわい》くても、もうお客さんは入らない。当然、売り上げも取れない。そのときのクラスの空気って……どうなる？　楽しいか？」

うえぇ～、と、そこかしこから声が上がった。

「せっかくの文化祭なのに地獄《じごく》じゃん……」

「寒すぎて思い出にすらならねぇぇ～。黒歴史確定っしょ」

「そりゃやべぇなぁ……」と東《あずま》からも声が出た。俺は話を続ける。

「確か、東《あずま》がメイド服を豪華《ごうか》にする場合の金額、一度言ってたよな。数着仕入れるから、ワンランク上げると三万円くらい違《ちが》うって話だったか。これを食材に変えた場合、けっこうな量になる。食材イコール営業時間、食材イコール売り上げの最大金額っていう数式も成り立つから、食材を多く仕入れておけば、この二つも伸《の》びる」

「つまり、全部売り切ったときのマックス額が増えるってことだよね？」と笠原《かさはら》。

「そう。要するに、食材を優先するのは売り上げ一位を目指す上でも大事だろう。衣装《いしょう》が評判になってハネる可能性も否定しないが……食材の方は手堅《てがた》く、数字に根拠《こんきょ》がある点が強みだな。もっと言うと、メイドが参加してお客さんとやるゲームの賞品も、文化祭で使える金券にするんだろ？　提供するお菓子《かし》がおいしければ、文化祭を一回りした客の再入店が期待できるかもしれない――どうだろうか。全部、繋《つな》がってないか？」

おぉ〜、と感心の声が出る。

「んでも、作りすぎて余ったらどうすんの？」

「打ち上げと称《しょう》して、みんなで食ってしまえ。その場合も、うまい方がみんな幸せになれる」

笑いが起こるが、「なるほど」と真面目に頷《うなず》く奴《やつ》もいた。

「そもそも話がこじれたのは、調理班がレシピを豪華《ごうか》にしたいって提案してからだったな。カップケーキとクッキーにバターを足して、グラニュー糖をもっと増やしたいって話だったか？」

「は〜い」と調理班のリーダー、元気娘《むすめ》が返事をする。

「でも、レシピを調整したいって言ったのは私じゃなくて小林《こばやし》さんだけどね。小林《こばやし》さんの方が上手に作るよ」

プール授業で体調不良になった小林《こばやし》のことだ。

引っ込み思案な彼女に気を遣《つか》いつつ、ひとつ指示を出す。

「もしできるなら、明日か明後日《あさって》までに一度、作ってきてくれないか？　……カップケーキよりもクッキーがいいな。全員に分けやすい。豪華《ごうか》レシピと材料費節約レシピ、両方用意できればベストだ。お金は予算から出そう」

「え……いいんですか？」

「試食は大事だ。全員で一口ずつ試食する程度ならそんなにお金も掛《か》からないはずだし、みんながら納得《なっとく》できるなら、安いと思う。……小林《こばやし》が『豪華《ごうか》レシピの方がいい』って提案するくらいだから、味に絶対、差があるはずだ。俺は料理が趣味《しゅみ》だから、食べなくてもだいたい想像つくけど——まぁ、口に入れてみた方が早いさ」

「……わ、わかりました。帰ったら、すぐに作ってみます」

「よろしくな。……というわけで、少しお金を使うことになるが、試食会を行う方針でいいか？」

特に反対意見は出なかった。こうして、この日はお開きとなり——


——翌日、朝のホームルームで、小林《こばやし》が作ってきたクッキーがさっそく全員に配られた。

食べ比べた瞬間《しゅんかん》、全員が同じ感想を抱《いだ》いた。

「……甘さとコクが、全然違《ちが》う」

そうなると思っていたよ。

手作りお菓子《かし》に挑戦《ちょうせん》した回数は少ないが、砂糖の量でだいたい決まるからなぁ……。

あらためて多数決を取ると、食材に予算を割《さ》くことに全会一致《いっち》で決まった。

「あとは、仕入れる食材の数か。……桐原《きりはら》。尋《たず》ねるのは反則な気がするんだけど、今の設定金額だと、何食くらい出れば売り上げ一位になれる？　これくらいいか？」

予算と、頭に入れていた大まかな食材費をもとに暗算をして、実際に用意できそうな数字を黒板に書く。

桐原《きりはら》は「はい」と微笑《ほほえ》みながら頷《うなず》いてくれた。

「イイ線、いっています。先生、本当にお店やお料理のこと、よくご存知なんですね」

「……そんなに自信はないけどな。でも、ありがとう」

学校で優等生バージョンの桐原《きりはら》に褒《ほ》められるのは、なかなか新鮮《しんせん》だ。照れているのがバレないように気を付けながら、生徒たちに向き直る。

「諸々《もろもろ》、決まりでいいな？　出店計画書を作って、生徒会に提出しておくぞー」

あいー、はーい、と声が続く。

「先生、今回は大活躍《だいかつやく》だったねー」「ってか、居酒屋でバイトしてたのー？」「料理男子ー？」

あちこちから質問が飛んでくる。

「……その話は、空き時間にまた追々」

注目されるのは得意ではない。

朝は時間に余裕《よゆう》がないのもあるけど、早々に職員室へ退散する。

椅子《いす》に腰掛《こしか》けた瞬間《しゅんかん》、自然と安堵《あんど》の吐息《といき》が漏《も》れた。

昨日のホームルームで話をしてからずっと、頭の片隅《かたすみ》に不安があった。桐原《きりはら》もそんな俺を気《き》遣《づか》って、あまり話《はな》し掛《か》けてこなかったくらいだ。

……一応、無難に事を進められたとは思う。

もっと悪い場面も想像していた。

過去の嫌《いや》な記憶《きおく》が完全に消えたわけではないけど、少し、リベンジできた気分だ。

ただ、完璧《かんぺき》だったとも思えない。

今回は俺が経験に基《もと》づいてほとんど道筋を決めてしまったけど、もっとヒントを与《あた》えるような形で、生徒たちに考えさせた方がよかった。

そうすれば、東《あずま》の顔を潰《つぶ》さずに済んだ。……あいつは気にするような性格ではないかもしれないけど、クラスの意見をまとめようとしていた奴《やつ》の頑張《がんば》りを活《い》かす道もあっただろう。

授業に行く前に、その辺りのことを手帳に書き込んでいく。赴任《ふにん》直後から少しずつ書き溜《た》めている、いつか役に立つかもしれないメモだ。がんばっていこう。

それはそれとして、桐原《きりはら》にお礼を言わなくては。

スマホを見ると、先に向こうからメッセージがきていた。

『お疲《つか》れ様《さま》。すっごく素敵《すてき》だったよ。惚《ほ》れ直しちゃった』

苦笑《くしょう》したあと、後半部分には触《ふ》れずに返事をする。

『意見を言おうと思えたのは桐原《きりはら》のおかげだよ。良《い》い方へ転がった。ありがとう』

『ううん。私は何もしてないよ。ただ、私はみんなより銀《ぎん》の良《い》いところをたくさん知ってるから、信じるのが簡単だっただけ。背中を押して大正解！』

『ちなみに、桐原《きりはら》がまとめていたらどうなっていた？』

『だいたい同じだったかなー。衣装《いしょう》がなくてもお店はできるけど、食材がないと詰《つ》む、は同じことを考えてた。でも、売り上げの話とかをきちんと論理立てて説明するのは、銀《ぎん》にしかできないことだよ。クラスのみんなも、やっぱり若くても大人の意見は違《ちが》うねぇって言ってる』

『それは何より。……そろそろ授業行かないと。またあとで』

『はーい』

スタンプで投げキスを送られ、画面から視線を切る。

直後、またメッセージが届いた。ユズからだ。

『緊急事態《きんきゅう》ッッッッッ!!』の文字がホーム画面に浮《う》かぶ。

さすがに、なんだ？　と中身を確認《かくにん》する。……家が燃えている、とかないよな？

『料理をひとりで処理してたら太っちゃったよ～っ！　一キロ増……』

続いて、セクシーなスポーツブラとショーツだけを着て、お腹《なか》を悲しそうに見つめるユズの写真も送られてきた。

既読《きどく》スルーして、教室へ向かう。

……やっぱりダメだ、あいつは。

ちなみに、ユズの昨日の晩御飯《ばんごはん》は確か、餃子《ぎょうざ》の皮で作るミニピザ盛り合わせだったか。

あのセンスは本当にうらやましい。真似《まね》できない。

＊＊＊

文化祭の心配事は解決できたが、本当に大変なのはここからだった。

何せ、受験生とその保護者対象の学校説明会と、本家本元の文化祭とでは、やはり祭りの規模が違《ちが》う。

予算規模は二回りほど大きくなり、準備期間も二週間近く用意されている。開催日《かいさいび》は十月末の土曜日だ。十一月初週の祝日・文化の日を避《さ》けているのは、他校がその日に文化祭を開催《かいさい》することが多いので、意図的にずらしているそうだ。

そうすると、文化の日は他校の文化祭に遊びに行ける。開催《かいさい》されているなら志望大学の学園祭にも行ってきなさい、という精神なんだとか。

私立の高校だけあって、発想が柔軟《じゅうなん》で合理的だ。大いに見習っていきたい。

二週間の準備期間で、一番苦戦しそうなのは内装だ。

飾《かざ》り気《け》のない教室を、如何《いか》に可愛《わい》く飾《かざ》っていくか。

桐原《きりはら》の提案で、夏の模擬店《もぎてん》でメニュー表に使ったミニ黒板を買い足し、美術・看板作成班に黒板アートを描《か》いてもらうことになった。

ついでにコルクボードもいくつか購入《こうにゅう》する。当日、メイド服を着た女子の写真を飾《かざ》るそうだ。

人前で接客するのが苦手だけど、服は着てみたい——という女子は写真で参加するらしい。

テーブルは、生徒たちの机を寄せて大きなテーブルを五つほど作り、学校の備品リストにあったテーブルクロスを被《かぶ》せれば出来上がりだ。

それだけだと殺風景なので、コースターを生徒たちが手作りすることになった。

手芸部の生徒が言うには、布の切《き》れ端《はし》をミシンで縫《ぬ》えば簡単にできるそうだ。

「……喫茶店《きっさてん》って、凝《こ》り始めると無限に仕事が発生しないか？」

準備初日、あれやこれや出てきた追加案に東《あずま》がげんなりしていた。

だが、すぐに「まぁ、やりがいはあるけどさ」と気持ちを切《き》り替《か》えていた。

仕事内容を決めて担当を割《わ》り振《ふ》ったあとは、各班が作業に入っていく。

店の看板を作る美術班。

紙コップ、紙皿、業務用のおしぼりを業務用スーパーへ仕入れに行く買い出し班。

メイドに『可愛《かわい》さとは何か』を論じる演劇部……。

俺は店で接客経験があったので、マナーや注意点を教えていく。

調理班には当日の作業に慣れてもらうため、家庭科室のオーブンでクッキーやカップケーキを試作させた。

作り置きしたものを提供する道もあったけど、「出来立てお菓子《かし》という響《ひび》きには抗《あらが》えない魅《み》力《りょく》があるのでは」というクラスの意見を尊重して、当日、追加で作ることにもなった。

『うちの学校には充実《じゅうじつ》した設備がありますよ』とアピールできるため、計画書を見た校長と教頭がめちゃくちゃ喜んでいた。……大人の事情なので、生徒たちには言っていない。

そんなわけで、十月はとにかく忙《いそが》しかった。

生徒たちも遅《おそ》くまで残るから先に帰れないし、遅《おく》れている作業を手伝ったりもしたので、俺もヘロヘロだ。

桐原《きりはら》は生徒会の仕事もあるので、俺より疲《つか》れている日もあったくらいだ。

せっかく同じ家に帰ってきているのに、帰宅後、二人ともぐったりして一時間近く動けない日もあった。

今日が、まさにそれだ。

桐原《きりはら》はダウンしている俺に隙間《すきま》なくひっついている。

同じ場所に帰ってくる意味は、やっぱりあるかもしれない。

「……お腹《なか》空いたけど、ご飯、作る元気……ないよね？」

「あぁ……ピザでも取るか……？」

「ピザっ！　……うぅ、でも、胃もたれしそう」

結局、俺が変装してコンビニでうどんを買ってきた。

買い物から戻《もど》ると、桐原《きりはら》は「ありがと～」と出迎《でむか》えてくれた。

「疲《つか》れているときは家事もうまく手抜《てぬ》きしないとな……」

「うん……部屋、ちょっと汚《きたな》くて気になるけどね……」

「落ち着いてからでいいだろ」

二人でうどんをすすったあとは、またぐったりタイムに突入《とつにゅう》する。

あとは風呂《ふろ》を沸《わ》かして寝《ね》るだけなんだが、精神を回復させるには何もしない時間も大切だ。

桐原《きりはら》は眠《ねむ》そうに目を擦《こす》っているけど、俺の隣《となり》を離《はな》れない。

たまに頬《ほお》を撫《な》でてきたかと思えば、軽く唇《くちびる》を合わせてくる。

「こんなふうに、なんにもしないで二人で寝転《ねころ》がってるのも幸せだね」

「そうだな。同じ会社に入りでもしない限り、同じ仕事で疲《つか》れるなんてのもレアだし……」

「そう考えると、今の時間って案外、貴重だったり……？」

「卒業まで、なのは確かだな」

「うーん。卒業して、付き合ってまーす！　って言えるのは嬉《うれ》しいけど、それはそれで、惜《お》しいような……うあー、あとで超懐《ちょうなつ》かしくなりそうっ」

今のうちに、と思ったのか桐原《きりはら》は強く抱《だ》き着《つ》いてくる。

そんな間も、近くに置いてあるスマホはぶんぶん震《ふる》えている。

「柚香《ゆずか》さんから？」

「……みたいだな。でも、いいよ。文化祭が終わるまでは忙《いそが》しいから、たぶん連絡《れんらく》を返せないって言ってあるし……」

「そっか。じゃあ、現役《げんえき》女子高生との貴重な時間をたっぷり堪能《たんのう》して」

「表現が生々しいぞ」

「……萌《も》えない？」

「…………そうは、言っていない」

「んふふ。悪いことって、気持ちよくなっちゃうよね」

疲《つか》れて始まったゴロ寝《ね》だったけど、思いのほか、空気は悪くない。

頭を撫《な》でてやると、桐原《きりはら》は心地《ここち》よさそうに目を細めた。

「……銀《ぎん》はさ、えらいよね」

「うん？」

「疲《つか》れたり、イライラしているときもあるけど、そういうのを私にぶつけてこない」

「それは、桐原《きりはら》がうまく距離《きょり》を取ってくれるからじゃないか？」

「そういうときもあるけど。でも、私がそれをやったあとは、埋《う》め合《あ》わせに甘えさせてくれるでしょ？　今みたいにひっつかせてくれたり、私が好きなもの作ってくれたり、好きな果物、買ってくれたり……だから、私は銀《ぎん》がつらいときにわがまま言わないの」

言われてみると、最近の桐原《きりはら》は家の中でずいぶんと落ち着いている。

単純に一緒《いっしょ》にいる時間が増えたからだと思っていたけど、俺の行動も影響《えいきょう》していたみたいだ。

「銀《ぎん》のそういうとこって元からの性格なの？　最初からできてた？」

「いや、それはたぶん……」

言《い》い掛《か》けてから、言葉に詰《つ》まった。

「柚香《ゆずか》さんのおかげ？」

先に言われてしまったので、あぁ、と仕方なく頷《うなず》く。

「詳《くわ》しく聞いてもいい？」

「……まぁ、桐原《きりはら》が嫌《いや》じゃなければ話すけど」

「銀《ぎん》の話だもん。聞きたいよ」

「……と言われても、あまり話せることってないけどなぁ」

ユズの存在を説明するとき、あらかた話してしまった。残っている部分と言えば――。

「桐原《きりはら》と出会うまで、女の子と親しい仲になれたのはあいつだけだったよ。ちなみに、桐原《きりはら》とゲームで遊び始めたのは、あいつと別れてからだったな」

「出会う前とか別れたあとの話じゃなくて、付き合っている間の話を詳《くわ》しく」

「うーん……あいつは、選ぼうと思えば、どんな奴《やつ》でも選びたい放題なのに――って、俺の方がいつも引け目を感じてたな。それもあってか、元々の性格かわからないけど、付き合い始めは俺からユズに希望を言えなかったんだよ。ユズは、それをよく怒《おこ》ってた」

「どんなふうに？」

「どうして遠慮《えんりよ》するの。言いたいことがあるなら言ってよ、直すから！　……ってな感じ。俺からすれば、別に言うほどのことじゃないから黙《だま》ってた場面が多かったんだけど」

「銀《ぎん》は、自分の欲《ほ》しいものとか、やりたいことをあまり優先しないもんね」

「同じことをユズに言われてたな。性格だから他のひとには遠慮《えんりよ》していいけど、私にだけは遠《えん》慮《りよ》するな。気持ちを教えてほしい、って」

そういえば、あいつから『銀《ぎん》が素直《すなお》に欲《ほ》しいものを欲《ほ》しがってくるのはエッチのときだけだよ。この野獣《やじゆう》め』と言われてたな……これは黙《だま》っておこう。

「遠慮《えんりよ》するな、を半年くらい言われ続けて、ユズにだけはようやく、深く考え込まず、その場で言いたいことを言えるようになったかな。……言ってもあいつ、全然直さないし懲《こ》りなかったけど」

「へぇっ……柚香《ゆずか》さんって嫉妬深《しつとぶか》かった？」

「……嫉妬深《しつとぶか》くはなかったけど、構ってちゃんになるときは、たまにあったな。一緒《いつしよ》にテスト勉強するんだけど、俺の方が集中している時間が長くて、あいつが先に飽《あ》きたら邪魔《じやま》してくる。それが本当にタチ悪かった」

「うわぁっ……気持ちはわかるけど、やっちゃダメなやつだ」

おかげで、評価がSからAに落ちた単位がいくつかあった気がする。

「……でも、不思議なもんでな。細かいところは違《ちが》うけど、一緒《いつしよ》に生活しているときの感じは桐原《きりはら》によく似ているよ。構ってほしいときがあっても、我慢《がまん》してくれるときがある。その分、どこかでお返しすればうまく一緒《いっしょ》にいられる。……それを理解してうまく立ち回れているのは、あいつと付き合った経験があるからだな。あいつとの日々があったから、俺は桐原《きりはら》の前である程度デキた大人の真似《まね》ができる」

「……大人、かぁ」

何か引《ひ》っ掛《か》かるものがあったのか、桐原《きりはら》は俺の言葉を繰《く》り返《かえ》した。

「ユズと別れた経緯《けいい》を説明したときも話したけど、俺からの気遣《きづか》いが足りなかったせいでユズとはうまくいかなくなってしまった。……同じ失敗をしたくないから、桐原《きりはら》を大事にできているんだよ」

「……失敗を重ねて悔《く》やんできたから、今の銀《ぎん》がいるんだね。私も早くなりたいな。銀《ぎん》みたいな大人に」

桐原《きりはら》は俺を大人扱《あつか》いしてくれるけど、俺はちゃんとできている自信がない。

だから、返事をできなかった。

桐原《きりはら》は、ふぅ、とため息をついて俺から離《はな》れる。

「銀《ぎん》。柚香《ゆずか》さんに返事してあげて」

「え？」

「柚香《ゆずか》さん、銀《ぎん》が私と一緒《いっしょ》にいること知らないんだもん。……そりゃあ銀《ぎん》に甘えたくて、連絡《れんらく》してくるよ」

座り姿勢になった桐原《きりはら》は俺の頭を撫《な》でてきた。

「私、誰《だれ》かと仲良くなりたいときに必ず意識することなんだけど、そのひとが大切にしているものとか、好きなひと、好きだったひとのことも好きになりたいの。それがたぶん、そのひとを丸ごと、好きになるってことだと思うんだ」

下から見上げる桐原《きりはら》の顔は、いつもより大人びて見える。

「柚香《ゆずか》さんの居候《いそうろう》を続けてもいいよって言ったのは、銀《ぎん》と一緒《いっしょ》に暮らせるのが嬉《うれ》しいからってのが一番だったけど、柚香《ゆずか》さんも大事にしたいからだよ」

「……そうか」

「はい、スマホ」

桐原《きりはら》から受け取ったスマホの画面を見る。ユズからの通知がたんまり溜《た》まっていた。

「桐原《きりはら》は俺よりずっと大人だよ」

「そんなことないってば。……銀《ぎん》だって立派な大人だよ。じゃないと、こんなに好きになってない」

桐原《きりはら》は顔を近付けて、軽くキスをしてきた。

「いつも言ってるけど……大好きだよ、銀《ぎん》」

……ユズといい、桐原《きりはら》といい、俺を好きになってくれる女の子は、どうしてこんなにみんな進んでいるんだろうなぁ……。嬉《うれ》しいし誇《ほこ》らしいが、少し焦《あせ》りも感じてしまう。

「あ。勘違《かんちが》いされたら困るから釘《くぎ》を刺《さ》すけど……もし、ちょっとでも銀《ぎん》の気持ちが柚香《ゆずか》さんに傾《かたむ》いてるなぁって感じたら――――私、めちゃくちゃ暴れるからね」

桐原《きりはら》は、ニッコリ微笑《ほほえ》む。

「銀《ぎん》の気持ちがこっちに向いてるって確信できてるから、こんなに余裕《よゆう》があるの。そこは絶対に間違《まちが》えないで。浮気《うわき》したら、ころしゅ」

「お、おう……」

暮井《くれい》さんは命の恩人かもしれない。変なバレ方しなくて、よかったなぁ……。

桐原《きりはら》が風呂《ふろ》の準備を始めたので、ユズにメッセージを返していく。

……だけど、このままユズに桐原《きりはら》のことを黙《だま》っていていいのだろうか。

教え子と恋《こい》をしているのは当然、言えない。

でも『彼女がいる』ということは、伝えてもいいのでは。

それが、恩人に対する礼儀《れいぎ》ではないか。

……桐原《きりはら》に対しても、筋を通すことになるんじゃないのか？

桐原《きりはら》とユズの気持ちにどう向き合い、何を返していくのが正しいのか。

寝付《ねつ》くまでの間、ベッドの中でそれをずっと考えてしまっていた。

＊＊＊

俺が悩《なや》みを抱《かか》えていても、時間の流れは止まらない。

数日後の土曜日。長く、忙《いそが》しかった準備期間を終えて、今日は文化祭当日だ。

開場は十時を予定しているが、三十分ほど前から、校門の前には来年の受験生と思《おぼ》しき生徒たちがいる。保護者の姿もあった。他校の生徒も交じっている。

教えている生徒たちよりも少し幼く見える中学生たちからは、あどけなさが見受けられる。

それにひきかえ、制服を着ていない自分の生徒たちは、俺たち大人とあまり変わらない。

「結局、他のクラスの男子が来るっていう話は本当なワケ？」

「マジらしいよ？」

「私たち目当てで来るって聞くと、なんか照れちゃうな～」

メイド服を着てスタートで接客をする女子たちが、教室でワイワイ騒《さわ》ぎ始めている。

「服のデザイン、着たい勢で相談して決めたけどさぁ、ちょいエロすぎない？」

「乳袋《ちちぶくろ》はやっぱり女子としても外せないって話だったじゃん」

「でも、肩《かた》も出てるしさ～……」

「気にしなーい、気にしないっ。接客で疲《つか》れる前に記念撮影《さつえい》しちゃおーっ！」

準備は巻きで終わっているし、とても明るい空気のようだ。

……俺と東《あずま》含《ふく》む男子数名は、そんな賑《にぎ》わいを教室の外から聞いている。

「んじゃ行くぜ、先生」

東《あずま》に続いて教室に入ると「えっ」「おーっ⁉」と驚《おどろ》きの声が上がった。

視線を独占《どくせん》したクラス一番の伊達男《だておとこ》・東《あずま》は堂々と両手を広げる。

「お嬢《じょう》さま方、ごきげんようーっ！」

自信たっぷりに振《ふ》る舞《ま》う東《あずま》は、燕尾服《えんびふく》を模したロングジャケットを着ている。ズボンは制服のままだけど、上着が変われば印象はがらりと変わる。ワックスで髪《かみ》もセットしたから、かなり見栄《みば》えするはずだ。

「それで執事《しつじ》ごっこもするんでしょ？」

「おうよ！　女子もうまく釣《つ》らないとな」

東《あずま》の他にも、二人ほど執事《しつじ》に扮《ふん》している男子がいる。こっちはワイシャツの上に黒いベストを着て、ネクタイを締《し》めている。ワイシャツ以外は俺の私物だ。東《あずま》が着ている燕尾服《えんびふく》ジャケットは、残念ながら予算の都合で一着しか買えなかった。

「迷惑《めいわく》でなければ色々貸すぞ」と東《あずま》に提案したら、「いるいる」と即答《そくとう》されたんだ。

……そういえば、東《あずま》にはその提案をするついでに、ホームルームで俺が意見を出してしまったことを謝った。

「え。マジかよ。先生、そんなこと気にしてんの？」

東《あずま》は大変、物分かりがよかった。

「俺の意見であのまま衣装《いしょう》に金掛《か》けてたら、売り切れ御免《ごめん》で大惨事《だいさんじ》だったんだぜ？　想像しただけで寒くて泣けるわ」

その場で、東《あずま》はこんなことも言っていた。

「しっかし、歳《とし》が近い先生ってのはやっぱり他とは違《ちが》うな〜。俺、去年は暮井《くれい》先生のクラスだったんだけど、あのひとも似たような感じでよくフォローに来てたわ。これが世代の違《ちが》いってやつかね。……まっ、そういうの、俺はいいと思うぜ！　続けてくれよな！」

若者らしく、天然で、微妙《びみょう》に失礼だった。でも、俺は東《あずま》のそういうところが嫌《きら》いではない。

今日も精一杯《せいいっぱい》、店とみんなを盛り上げてくれるだろう。

「もうすぐ開場だ。みんな、そろそろ一旦《いったん》落ち着こうな」

手を叩《たた》きながら、一度場を引《ひ》き締《し》める。

「大事なことだから、繰《く》り返《かえ》しておくぞ。お客さんに迷惑《めいわく》を掛《か》けない。言葉遣《ことばづか》いとかは多少崩《くず》れてもいいけど、気遣《きづか》いと礼儀《れいぎ》は絶対に忘れない。自分で解決できないと判断したら、すぐに先生を呼ぶ。いいな？」

「はーい」と元気のいい返事が聞こえたところで、放送委員がスピーカー越《ご》しに開場を報《しら》せてきた。学校全体から拍手《はくしゅ》が聞こえてくる。

開場直後に忙《いそが》しくなるジャンルの店ではないけど、しばらく教室で待機して生徒たちの様子を見る予定だ。

窓から外を見ていると、メイド服を着た笠原《かさはら》がにじり寄ってきた。

東《あずま》に対して一歩も引かない勝気な笠原《かさはら》だが、黒と白色で配色されたシンプルな今の装《よそお》いも、不思議とよく似合っている。……その笠原《かさはら》が、俺を見てニンマリ笑う。

「先生もちょっとイケてんじゃん」

今日はスーツの上着を脱《ぬ》いで、ベストを着ている。執事役《しつじ》の男子たちと同じ服装だ。

ついでにメガネも掛《か》けている。

「そのメガネ、伊達《だて》？　度数なし？」

「あぁ。今日は店の総支配人っていう設定だし、ちょっとイメチェンしようかなって……ん？」

視線を感じて部屋の隅《すみ》に顔を向けると、桐原《きりはら》が両手で鼻と口元を覆《おお》いながら、じっとこっちを見てきていた。

……なんだ？

反応していいものか、判断に困る。

桐原《きりはら》にしては珍《めずら》しく、すごく粘《ねば》っこい視線だ。……動物に例えるなら、蛇《へび》だ。

俺がメイドと話しているから嫉妬《しっと》しているのか？

それとも、単に眠《ねむ》たくて目頭《めがしら》を押さえているだけか？

「桐原《きりはら》さんは生徒会の仕事が先なんだっけ？」

「あ、うん。みんなの企画《きかく》が計画書通りか、チェックしないといけなくて……」

「いつも大変だねぇ……もう行くの？」

「そろそろだね。行ってきます」

仲が良《い》いクラスメイトに話《はな》し掛《か》けられて、そのまま出て行ってしまう。

……視線の意味を聞くのは、あとでいいか。

「おっ。さっそくお客さんが来たっぽい？　……おかえりなさいませ、御主人《ごしゅじん》さまー」

笠原《かさはら》は楽しそうに接客へ向かう。訪《おとず》れたのは女子グループの友達だったらしく、メイド服を見るなり歓声《かんせい》と笑い声を響《ひび》かせていた。

スタートはこういう客が多いだろう。この時間になるべく接客に慣れておくんだ、という話はみんなにしてある。

今頃《いまごろ》、校門付近では『美味《おい》しいお菓子《かし》が売り！　メイド喫茶《きつさ》！』のビラがバラまかれているはずだ。お昼時までに、形になってくれるといいんだが——。

開場から一時間ほど経《た》つと、俺たちのメイド喫茶《きつさ》は一気に忙《いそが》しくなった。

本来、喫茶店《きっさてん》はランチタイムよりも、そのあとのアイドルタイムが忙《いそが》しい。

でも、そこはちゃんと手を打ってある。

実は今回のメイド喫茶《きつさ》、他の店で買ってきた食べ物の持ち込みを許可している。

何かしら注文してくれれば、座って食事ができるんだ。ゴミの分別が大変にはなるが、売り上げ一位のためなので、クラス全員、納得《なっとく》している。

この『持ち込みあり』が思いのほか強力だったようで、席は常に満席だった。廊下《ろうか》に用意した待機列用の椅子《いす》も、常に埋《う》まっている。そして、立ち寄ったお客さんはみんな「本当にお菓子《かし》がおいしかった」と言いながら出て行く。

その結果、店はめちゃくちゃ忙《いそが》しくなった。待機列を見て去っていくひとはいたけど、それでも席は冗談《じょうだんぬ》抜きに、ずっと満席。疲《つか》れが溜《た》まらないよう、一時間ごとにメンバーを入《い》れ替《か》えて休憩《きゅうけい》をさせたが、俺はその空きを埋《う》めるためにフル稼働《かどう》だ。

それでも、昔取った杵柄《きねづか》。

個人経営の居酒屋が趣味《しゅみ》で始めたランチタイムが、いつの間にか夜よりも人気になってしまった――そんな店で二年ほど働き続けたときの勘《かん》は、きちんと俺の中に残っている。

「先生、休憩《きゅうけい》回している俺らより元気じゃね？」

少し疲《つか》れを見せる東《あずま》に、小さく頷《うなず》く。

「まぁ、慣れだ」

「先生、やばいやばい。クッキーとカップケーキがもうなーい！」

「慌《あわ》てない慌《あわ》てない。さっき、桐原《きりはら》が家庭科室に取りに行くって言ってたから大丈夫《だいじょうぶ》だ」

接客には参加しないけど、桐原《きりはら》の全体を見る力は突出《とっしゅつ》している。家庭科室にお菓子《かし》を取りに行ったり、ゴミ袋《ぶくろ》がパンパンにならないようにしたり、細かいところに気を配ってくれている。

表を俺が、裏方を桐原《きりはら》が監督《かんとく》する形で昼時のピークタイムを乗《の》り越《こ》えられた。

午後二時を回っても相変わらず満席だったけど、お茶とお菓子《かし》を頼《たの》んで、まったり長居するお客さんが増えた。回転数が減り、ようやく一安心だ。

やれやれ、と思っていると、暮井《くれい》さんが「お疲《つか》れ様《さま》」と顔を出しに来た。

「羽島《はしま》先生、お昼休みとってないんですって？」

「ええ。でも、昼食はとりましたよ」

教室の隅《すみ》をパーティションで隠《かく》し、休憩《きゅうけい》スペースにしていたので、軽く腹に入れてある。

「あら、そう。だけど無理はダメよ。私が見てるから、一時間ほど休んできてちょうだい」

「え、でも……」

「私を呼びに来た桐原《きりはら》さんの気持ちを汲《く》んであげなさいな」

暮井《くれい》さんは、親指を立てて背後を指差す。

教室の出入り口に無表情の桐原《きりはら》がいて、軽く会釈《えしゃく》していた。自分のクラスは気になるし、このまま休憩《きゅうけい》なしでも問題ないが……疲《つか》れは多少ある。

ここはありがたく、お言葉に甘えておこう。

「すみません。それでは、少し休んできます」

生徒たちにも伝えて、暮井《くれい》さんにもあらためてお礼を言う。

……そうしていると、すすっ、と桐原《きりはら》が近付いてきた。

「羽島《はしま》先生。催《もよお》しで備品が必要になったので、体育倉庫から運び出さないといけないんですけど……そのお手伝いだけお願いできませんか？」

「あぁ、わかった」

「すみません。休憩《きゆうけい》に入るのに……」

「いや、構わないよ。では、暮井《くれい》先生。行ってきます」

「行ってらっしゃい」

桐原《きりはら》と一緒《いっしょ》に教室を出て、歩きながら確認《かくにん》する。

「体育倉庫の鍵《かぎ》は？　もう借りてきてあるのか？」

「はい。文化祭中も電話番で職員室に先生がいるので。お願いして借りてきました」

「そうか。備品って、何を運ぶんだ？」

「普段《ふだん》は使っていない、古い跳《と》び箱《ばこ》です。体操部に頼《たの》まれちゃって」

「……こんな日も雑用か。大変だな」

「いえ。よければ取ってくるよ、って私から言いましたから」

桐原《きりはら》は、俺の隣《となり》でくすりと笑う。

「羽島《はしま》先生にちょうど、用事もありましたし」

……なんか、裏がありそうな言い回しだった。

「さっきから気になってたんだが、お前が持っている紙袋《かみぶくろ》、中身はなんだ？」

「いいものです。すぐにわかりますよ」

メガネの奥の目が悪い子モードに変わった気がして、ちょっと怖《こわ》い。


桐原《きりはら》と一緒《いっしょ》に、体育館の前までやってきた。

文化祭中だが、バスケ部が『フリースローゲーム』を、体操部が『室内障害物競走』を開催《かいさい》しているので、けっこう人通りがある。

ただ、体育倉庫は体育館の裏だ。人目につくことはない。

桐原《きりはら》は鍵《かぎ》を開けて倉庫に入ると、すぐに内側からまた鍵《かぎ》を閉めた。

「……そんな気はしてたけど、密会か？」

「仕事を頼《たの》まれたのは嘘《うそ》じゃないよ？　急ぎじゃなくていい、って言われてるけどね」

桐原《きりはら》は悪い顔で、すごく楽しそうに笑う。足元に紙袋《かみぶくろ》を置いて、「私が声掛《か》けるまで、後ろを向いててくれる？」とお願いしてきた。

言う通りにすると、衣擦《きぬず》れの音と、紙袋《かみぶくろ》がガサゴソ動く音が聞こえてきた。

落ち着く要素がまったくない空間の中、桐原《きりはら》から声が掛《か》かるのを待つ。

「いいよ」と言われて振《ふ》り向《む》いて、唖然《あぜん》とした。

「似合う？」

売り子をしていた女子たちが着ていた、黒と白のオーソドックスなメイド服姿の桐原《きりはら》が立っている。『似合う？』と言いつつ、メガネも外して自信満々の表情だ。明らかに、俺の反応を楽しんでいる。

「笠原《かさはら》さんに借りたの。あの子、もう出番終わったから着ないでしょ？　みんなの前で着るのは恥《は》ずかしいけど、持って帰って自撮《じど》りしたい。洗濯《せんたく》して返すから、って言ったらおっけーしてくれたんだ」

「……そう、か」

学校では目立ちたがらない桐原《きりはら》なので、絶対に着る方へ立候補しないだろうな、とは思っていた。もちろん他薦《たせん》もなかった。けれど、着れば似合うだろう、と確信はしていた。

実際に目の前に現れると、想像以上だ。

「フリーサイズだから、ところどころサイズが合わないな～……。笠原《かさはら》さんには少し大きめだったのに、私が着るとキツいのはショックかも。ダイエットしようかな……」

「……いや、そのままで可愛《かわい》いぞ。……胸元《むなもと》も谷間ができてセクシーだし、肩《かた》も、健康的に見える」

「ほんと？　銀《ぎん》に気に入ってもらえてるなら、いっか」

褒《ほ》められた桐原《きりはら》は楽しそうに胸の谷間に指を差し込んでいる。

女子の間で話題になっていた乳袋《ちちぶくろ》から、桐原《きりはら》の胸は大きく溢《あふ》れている。他の女子は誰《だれ》もそんなことにはなっていなかったので、まぁ……そういうことだ。

「んふふ、先生、顔が赤いよ？」

近寄ってきていた桐原《きりはら》は俺の首に両腕《りょううで》を回し、ぶらさがるように抱《だ》き着《つ》いてくる。

そのまま、当然のようにキスをされる。抑《おさ》えがきかない、少し激しめのキスだった。唇《くちびる》が離《はな》れるまで応じたけど、小休止する桐原《きりはら》は「まだまだ」といった感じに欲情していた。

「……どうしたんだよ」

「だって、学校でこういうことするの久しぶりじゃん？　最近はずっと忙《いそが》しかったし、家でも銀《ぎん》が疲《つか》れてるの見て、我慢《がまん》してたし……私も文化祭の準備と生徒会の仕事でお利口さん続けてたから欲求不満なの。今日が終わるまで我慢《がまん》しようって思ってたんだけど、銀《ぎん》のいつもと違《ちが》う格好見てから、もー無理、ってなった」

「んっ……？　ひょっとして、俺が笠原《かさはら》と話していたときのことか？」

「バレてた？」

「あれだけ感情だだ漏《も》れで見られたら、いくら俺でも気付く」

「そっかぁ。まずいことしたなぁ。みんなに怪《あや》しまれてないといいけど。でも興奮しちゃって本当に無理だったの。最近の銀《ぎん》、すごくお仕事がんばってみんなにも認められて、頼《たよ》りにされ始めてるじゃん？　それ見てると、なんか感情がどこーん、どかーん、って色々なっちゃうの」

「色々って、なんだよ」

「すごく嬉《うれ》しいし、良《い》いことなんだけど、でもその先生は私のだぞー、って嫉妬《しっと》しちゃう部分もある。だけど、みんなに人気の先生が実は私のものなんだよー、って興奮しちゃう気持ちもある。……そんな感じで不安定だから、オシャレしてる銀《ぎん》を見た瞬間《しゅんかん》、背筋がゾクゾクしてスイッチ入っちゃうのも当然だよね。私、スーツ萌《も》えとかわからない派だと思ってたけど、そんなこと全然なかったです。今日の銀《ぎん》には、めっちゃ興奮してる」

「帰ってからじゃダメなのか……？」

「ダメ。……だって、それだと銀《ぎん》が焦《あせ》らないもん」

桐原《きりはら》は熱っぽい吐息《といき》を漏《も》らしながら、俺が着ているベストのボタンを器用に外していく。

「破滅《はめつ》したくないし、破滅《はめつ》させたい気持ちもないんだけど、みんなから頼《たよ》りにされてるお利口さんな銀《ぎん》を、わがまま言って振《ふ》り回《まわ》してめちゃくちゃ困らせてみたいーっていう身勝手な欲望もあるんだよね。小学生男子が好きな女の子に悪戯《いたずら》しちゃうのって、こういう気分のせい？」

「絶対違《ちが》うと思う……」

「そう？　でも、とにかく悪戯《いたずら》したいの。最近はそういう空気になったときも私が攻《せ》められるばっかりで、私からすることなかったし……だから、ごめん。ちょっと悪いことさせて」

ベストのボタンを外した桐原《きりはら》は、シャツのボタンも同じように外してきている。

潜《もぐ》り込ませてきた指で脇腹《わきばら》を撫《な》でられると、小さく声が漏《も》れてしまった。

「声、出してもいいよ。……誰《だれ》か来ちゃうかもだけど。ふふっ」

久々に、秘密と悪事と俺の困り顔を楽しむ桐原《きりはら》が帰ってきてしまったみたいだ。

春に弱みを握《にぎ》られてすぐのときは、よくこの状態になっていた。

こうなると満足するまで何を言っても無駄《むだ》なので、黙《だま》って受け入れてやるしかない。

だが、俺は外が気になって、とてもじゃないがそういう気分になれない。鍵《かぎ》を持った状態で内側から鍵《かぎ》を掛《か》けているから、安全だとは思うけど――。

「見えないところならつけていいんだよね、キスマーク」

返事は待たず、桐原《きりはら》は勝手に俺の身体《からだ》を吸ってくる。

印を刻み終えると大きく息をついているが、欲求不満が収まった気配はみじんもない。

「ほんと言うとさ、一緒《いっしょ》に寝《ね》てるとき、我慢《がまん》してることもあるんだよ？　そういう気分の日は襲《おそ》いたくなるの。これでも、がんばってたんだから……」

……あ～、と心中で声を漏《も》らす。

頭をよぎったのは、ユズが俺の家で夜中、ゴソゴソ動いていた場面だった。知らない間に、桐原《きりはら》にも眠《ねむ》れぬ夜を送らせてしまっていたらしい。覚えがある苦しみだったし、俺自身、それで一線を越《こ》えようとしてしまった苦い経験もあるので、否定するのも難しくなってしまった。

「……銀《ぎん》？」

俺がスマホを取り出したことに疑問を抱《いだ》いたのか、桐原《きりはら》の動きが止まった。

「……二十分だけ、好きにしていい」

アラームを設定したのだと理解した桐原《きりはら》は、嬉《うれ》しそうに唇《くちびる》の端《はし》を吊《つ》り上《あ》げた。

「ただ、これ以上服を脱《ぬ》がすのは勘弁《かんべん》してくれ」

「わかってるよ。……ふふふ」

体育倉庫の、運ばなきゃいけない古い跳《と》び箱《ばこ》に背中を預ける形で座らされて、桐原《きりはら》が上に乗ってくる。

そこからはやられたい放題だった。指はしゃぶられるし、身体《からだ》にキスマークはいくつも付けられるし、あちこち撫《な》でられるし、耳は舐《な》められるし、耳たぶ噛《か》まれるし……。

唇《くちびる》を噛《か》みながら必死に声を押し殺したけど、桐原《きりはら》はそんな俺を見るのが快感らしく、攻《せ》めの手をどんどん強めてくる。追《お》い詰《つ》めるのが楽しくて楽しくて仕方がないみたいだった。

暦《こよみ》が進んだおかげで夏特有の蒸《む》し暑《あつ》さはないけど、閉め切った室内であることには変わりない。体中を刺激《しげき》されていることもあって、俺はじっとり汗《あせ》をかき始めていた。

「先生、興奮してるんだ？　……可愛《かわい》い」

桐原《きりはら》は気分で俺を名前で呼んだり、先生って言ったりする。だが、学校で密会をするときは先生のときが多い。秘密を楽しむために、背徳感を煽《あお》ってきているのだろう。

悲しいかな、効果はすごくある。

表に出さないし、誰《だれ》に対しても口が裂《さ》けたって言葉にしないけど、制服を着ていないときの生徒たちは、そんなに俺たちと変わらない。

可愛《かわい》さを売りにするメイド服を着ているのに、まったく意識しない方が無理だ。

今は、目の前で好きな子がそんな格好をしてくれているんだから、なおさらだ。

「ただ触《さわ》られてるのが気持ちいいだけ？　それともシチュに興奮してる？　あるいは、服？」

「……どれも」

「最後のは、ちょっと意外。でも可愛《かわい》いもんね、この服。『御主人様《ごしゅじんさま》、ご奉仕《ほうし》します……』とか言われてみたい？」

「……ノーコメント」

一瞬《いっしゅん》言葉に詰《つ》まったのが悪かったのか、桐原《きりはら》はまたまた悪そうに笑う。

「御主人様《ごしゅじんさま》、失礼しますね」

また変なスイッチが入ったのか、口調を敬語に切《き》り替《か》えた桐原《きりはら》は俺のズボンに手を伸《の》ばす。

「あ、おい……」

「ダメなんですか？　御主人様《ごしゅじんさま》だって興が乗ってくると、いつも触《さわ》ってくるじゃないですか」

事実なので、何も言い返せない。

「……あら？　……ふふふふ」

手を這《は》わせている桐原《きりはら》が俺の状態に気が付いて、今日一番の悪い笑《え》みを浮《う》かべた。

「久々で忘れてましたけど……攻《せ》められてるときの御主人様《ごしゅじんさま》って本当に可愛《かわい》いですよね。意地っ張りなのに、身体《からだ》はすごく素直《すなお》」

攻《せ》められるのに弱いのはお互《たが》い様《さま》のくせに、桐原《きりはら》はからかってくる。

好きにしていいと言った手前、黙《だま》っていたが……このまま弄《もてあそ》ばれるのは不服だ。

服の上からにぎにぎして遊んでいる桐原《きりはら》の乳袋《ちちぶくろ》に手を伸《の》ばして、軽く揉《も》みしだく。

んンっ⁉　と高い声が漏《も》れて、空気が変わった——と思いきや、桐原《きりはら》がひるんだのは一瞬《いっしゅん》だけ。すぐに、余裕《よゆう》のある微笑《ほほえ》みを浮《う》かべ直す。

「触《さわ》りたくなったんですか？　……いいですよ、どうぞ」

桐原《きりはら》は俺の後頭部に手を添《そ》えて、胸に引き寄せてくる。

桐原《きりはら》が好んでつける、柑橘《かんきつ》系の香水《こうすい》の香りが鼻腔《びこう》を抜《ぬ》けていく。

布の上からでも、桐原《きりはら》の胸はとても柔《やわ》らかい。

「……下着、着けてないのか？」

「だってその方が好きでしょう？　御主人様《ごしゅじんさま》」

「………………」

無言で乳袋《ちぶくろ》を下にずらして反撃《はんげき》する。でも、桐原《きりはら》は逆に、微笑《ほほえ》みを浮《う》かべて勝《か》ち誇《ほこ》る。

「お好きにどうぞ」

許可が出たので、胸の突起《とっき》を口に含《ふく》む。

舌で転がして様子を見たが、悪いメイドさんの余裕《よゆう》は崩《くず》れない。

頭をなでなでしてきて、あくまでも「させてあげている」という優位を保つ構えのようだ。

「こんな姿、みんなが見たらびっくりするでしょうね？」

自分だけが知っている、という言い方だ。それが優越感《ゆうえつかん》に繋《つな》がるんだろう。

歪《いびつ》だな、と思いつつ、俺もやめられなかった。

……欲求不満なのは、お互《たが》い様《さま》だ。

俺だって桐原《きりはら》が寝《ね》ている横で何度——自分を必死に押さえ込んだか。

軽く吸い立て、空いている方の胸も手で揉《も》みしだき、敏感《びんかん》なところを指で弾《はじ》く。

あっ……と、ようやく桐原《きりはら》の口から声が漏《も》れた。

見上げると、かぁっ……と顔を赤くしているのがわかった。

胸から唇《くちびる》を離《はな》して、今度はこちらからキスをする。さっきまで強気だった桐原《きりはら》は一転、されるがままになって力を抜《ぬ》いてくる。体勢も入《い》れ替《か》えて攻守《こうしゅ》逆転だ。

だが、そこでアラームが鳴った。

……でも、俺はキスをやめなかった。やめられなかった。

下になった桐原《きりはら》の方から軽く押し返されて、唇《くちびる》を離《はな》す。

「……続けるの？」

俺は無言で『スヌーズ』をタップして、桐原《きりはら》の胸を再び触《さわ》る。

切なそうに、眉間《みけん》にしわが寄った。

ダメだ。その顔は反則だろう。

言い訳じみたことを心中で呟《つぶや》き、スカートをたくし上げて、下着に手を伸《の》ばす。

はっきりとした湿《しめ》り気《け》を指先に感じたところで、あうっ、と桐原《きりはら》が身体《からだ》と首を反らした。

「……さては先生も溜《た》まってるね？　前も思ったけど、つらいなら出してあげようか？」

「魅力的《みりょくてき》な提案だけど、床《ゆか》とせっかくの服が汚《よご》れるだろ」

「大丈夫《だいじょうぶ》だよ。口に出せばいいから」

固まる俺の下で桐原《きりはら》は唇《くちびる》を指差し、色気たっぷりに微笑《ほほえ》む。

「飲んであげるよ。……どうする？」

答えを迷っているうちに、再びスマホが震《ふる》えた。

「またアラーム？」

いや、振動《しんどう》の仕方が違《ちが》う。誰《だれ》かが電話を掛《か》けてきている。

『ユズ』の文字が見えた。少し放置していたが、呼び出し音は止まらない。

「……先生、出た方がいい。誰《だれ》かコール音に気付いて、こっち来るかも」

素《もと》に戻った桐原《きりはら》の言う通りだ。

「もしもし？」

電話に出つつ、桐原《きりはら》から離《はな》れて、片手で服の乱れを直し始める。

『あ、出た出た』

「どうした、ユズ。今、ちょっと忙《いそが》しいんだが……」

『知ってるよー。文化祭当日だしね。でもあたし、一度くらいは銀《ぎん》が先生しているところが見たくてさー。それで今、学校に来てるんだけど——銀《ぎん》、いま体育館の裏？　みたいなところにいるよね？　そんなところで何してるの？』

まさかの言葉に、服を直していた手が止まる。

なんでユズがそんなことを知っている？

——まさか、近くにいる？

——桐原《きりはら》と一緒《いっしょ》にいるところを見られた？

『せっかく会いに来たのにメイド喫茶《きっさ》にいないからさ〜。それで電話したんだけど、入れっぱだったGPSアプリが勝手に起動して、追跡《ついせき》しちゃった！』

がくっ、と脱力《だつりょく》する。

本当に、一度懐《なつ》いた相手との距離《きょり》感《かん》がバグりすぎだ。

「今、倉庫に跳《と》び箱《ばこ》を取りに来ているんだよ……お前、どこにいるんだ？」

『体育館の前だよ～。あっ！　なんか体育館でバスケのゲームあるし！』

「あとで体育館の中に行くから、遊んで待っててくれ」

電話を切って、桐原《きりはら》に向き直る。

メイド服を脱《ぬ》いで、下着を着直しているところだった。

「ユズが学校に来ているらしい。面倒《めんどう》なことになる前に、ちょっと会ってくるよ」

「わかった。……ちょっと悪いことさせて、ってお願いだったけど、やりすぎた……よね？　ごめん」

「いや、お互《たが》い様《さま》だ。続きはまた卒業後に──だな」

「あはは……うん。最近、ああいう空気になると我慢《がまん》できなくなっちゃうね。もうちょい気を付けないと……がまん、がまん……」

桐原《きりはら》が着替《きが》えている間、俺は倉庫にある台車を引っ張り出して跳《と》び箱《ばこ》を積んでいく。

制服に戻《もど》った桐原《きりはら》はメイド服を丁寧《ていねい》に畳《たた》み、紙袋《かみぶくろ》の中に片付ける。

「これ、体育館に運べばいいんだよな？」

「うん」

桐原《きりはら》は内側から掛《か》けていた鍵《かぎ》を開く──その前に、俺の服を軽く引っ張り、顔を近付けて囁《ささや》いてきた。

「……シてほしかったら、いつでも言ってね？」

色気と恥《は》ずかしさが入り混じった微笑《ほほえ》みは、やっぱり可愛《かわい》い。それでいて、美人だ。

跳《と》び箱《ばこ》を積んだ台車を桐原《きりはら》の代わりに押して、体育館の中まで来た。

「先生、ありがとうございました。体操部に声、掛《か》けてきます」

桐原《きりはら》が走っていくのを見送ってから、バスケットゴールの方へ向かう。

近くに行くと、バスケ部の生徒たちが軽くざわついていた。

「……あのひと、プロかな？」

「いや、違《ちが》うだろ……プロであんなに顔面強かったら、マスコミにごり押しされてるよ」

その言葉だけで、何が起こっているのか想像がついた。

ギャラリーの隙間《すきま》を縫《ぬ》ってシュートエリアが見える位置に移動すると、楽しそうにしている

ワンピース姿のユズがいた。

「ほいっ、ほいっ」

ユズは、スリーポイントラインの外側からボールを投げ続けていた。

一本入れてはカゴからボールを拾い、また次のシュート態勢に入る。

そして、また当然のように決める。

そんなユズのシュートフォームは、とても綺麗《きれい》だ。

球技は苦手だし詳《くわ》しくないけど、あいつの構えに無駄《むだ》がないのは一目でわかる。

「……てか、パーフェクトじゃね？」

そばで見ていたバスケ部の男子が呟《つぶや》く。あのカゴには二十個近く、ボールが入るはずだ。残るはあと四個。……それがあと三個になり、二個になる。あとひとつ。

「ラストぉーッ！」

最後の一投を放つ直前、ユズはゴールに背を向ける。

「えっ」

「嘘《うそ》でしょ⁉」

ギャラリーが驚《おどろ》く中、ユズは全身を使い、両手でボールを高く放り投げる。

ボールは美しい放物線を描《えが》いて、ゴールに近付いていく。

見ている全員が息を呑《の》み、ユズはキメ顔でドヤる中、しっかりコントロールされたボールはゴールへ迫《せま》り――残念ながら、リングに弾《はじ》かれた。

「げっ」

ユズのリアクションを受けて、ギャラリーたちが吹《ふ》き出《だ》す。

でも、すぐに拍手《はくしゅ》に変わった。

「あ、どもども。でも、最後かっこ悪かったなぁ。恥《は》ずかしっ……」

ユズは照れながら、バスケ部員から賞品を受け取っている。文化祭で使える金券だ。

スーパープレイを続けていたのに、最後の最後で外すのが実にユズらしい。

完璧《かんぺき》にやり切るよりも、愛嬌《あいきょう》があって記憶《きおく》に残る。

誰《だれ》にも真似《まね》できない、天性のモノだ。

「あっ！　銀《ぎん》っ！」

……しまった、と思ったときにはもう遅《おそ》い。

俺の姿を見つけたユズは嬉《うれ》しそうに駆《か》け寄《よ》ってくる。

当然、ユズに注目していたギャラリーの視線もこっちへ向いてしまう。

「ぎーんっ！　久しぶ――」

「ストップ！」

抱《だ》き着《つ》かれそうな気配があったので、密着される前に待ったをかけた。

「……生徒たちの前だからな？」

「あ、そうだった……ごめんごめん。会えたのが嬉《うれ》しくて、つい」

こいつはまた、余計な一言を……。

「あのひと、羽島《はしま》先生の知り合い？」「もしかして、彼女？」みたいな呟《つぶや》きが聞こえてくる。

面倒《めんどう》なことになる前に来たはずなのに、結局こうなってしまった。

注目を避《さ》けるために、ユズの背中を押して体育館の外へ退散。さっきまでいた倉庫の近くまで押していく。

……ここまで来たら、もういいだろ。

押すのをやめると、ユズはくるりと俺に向き直ってきた。

「……やっぱり、あんまり来てほしくなかった系？」

「正解だ」

「で、ですよねぇ〜……でも、ごめん。どうしても銀《ぎん》に会いたかったし、先生してる銀《ぎん》を見てみたくって……」

「どうやって入った？」

「入り口で、羽島銀《はしまぎん》の友達です、って言ったら入れてくれたよ？」

……そういえば、教職員の家族、招待者も一応、入れるんだったか。

これでいいのか？　うちのセキュリティ……。

「ダメ元で来たのに入れちゃったからさぁ。そうなるとやっぱり会いたくなるし？　ってことで連絡《れんらく》しちゃいました、まる」

「そうか。……とりあえず、スマホを出そうか」

「なんで？」

「GPSアプリをすぐに消せ。プライバシーの侵害《しんがい》だぞ」

「うぐっ。や、やっぱりダメですか？」

「ダメだ」

「そ、そっかぁ……お守りみたいでありがたかったんだけどなぁ……なんというか、精神安定剤《ざい》？ 的な？」

「ダメだ」

「ううう……」

グズグズ言いながらも、ユズは言う通りにアプリを消していく。

「これ、いつも使っていたわけじゃないんだよな？」

「うん。銀《ぎん》が引《ひ》っ越《こ》した直後に住所メモったときと……全然掛《か》けないからさっき初めて知ったんだけど、このアプリ、登録した相手に電話すると勝手に立ち上がるみたいなんだよね。それでさっき、場所がわかったの」

ということは、桐原《きりはら》の家にいるとき、ユズが電話をしてきたらアウトだったわけだ。

……危なかった。

学校でユズとの関係が多少噂《うわさ》になる程度でGPSアプリを削除《さくじょ》できたのは、幸運だったかもしれない。

「ん～……ほう、ほうほう……」

「……なんだ」

ユズが俺の周りをぐるぐるしながら、何やら唸《うな》っている。

「さすが私立高校。ちょっとオシャレしても怒《おこ》られないんだ？」

「これは今日だけだ。メイド喫茶《きっさ》だから執事《しつじ》の真似《まね》をしているんだよ」

「あ、そゆことぉ⁉　へぇ〜っ。おもしろそうだねぇ。いいなぁ、みんな高校生してて」

「……ユズも珍《めずら》しいな。ワンピース」

「あまり着ないからね。でもほら、今日は久しぶりに銀《ぎん》に会えそうだし……みたいな？」

とても反応に困る言葉だった。

「せっかくだし、銀《ぎん》の執事《しつじ》接客シーン、見て帰っちゃダメ？」

「できれば、やめてほしい」

「そういうの嫌《いや》がるのは知ってるけど、そこをなんとか！　絶対、お店では騒《さわ》がないから！

銀《ぎん》の教え子の前では、知らないひとのフリするから！」

「うーん……」

ユズが言っても聞かないのはいつものことだし、変に断ってゴタつくよりは、ここで無難に
折れておいた方が……。

「──羽島《はしま》先生、まだここにいらっしゃったんですか？」

背後からの声に反応して振《ふ》り向《む》く。

桐原《きりはら》が、空になった台車を押してこっちに向かってくる。

「……あぁ。って、お前、台車の片付けまで請《う》け負《お》ったのか？」

「はい。鍵《かぎ》を返しに行くついでですから」

……迂闊《うかつ》だった、とこっそり焦《あせ》る。

人目を避《さ》けてこっちへ来たはずなのに、桐原《きりはら》が戻《もど》ってくるとは思わなかった。

できれば、ユズと会わせたくなかったが――。

それとも桐原《きりはら》が、ユズに会いに来たのか？

「先生、そちらの方はお知り合いですか？」

「……あー、いや、そうじゃなくて、ちょっと、道を尋《たず》ねられて――」

知らないひとのフリをしてくれる、ということなので、その設定で話を作っていく。

ところが――。

「…………」

肝心《かんじん》のユズは、何故《なぜ》かフリーズしている。

「……どうしました？」

桐原《きりはら》が心配する。

俺の態度にショックを受けて固まっているとか、設定をうまく飲み込めなくて固まっている、とかではなさそうだ。

目を見開いたユズは桐原《きりはら》に視線を固定して、硬直《こうちょく》している。

「……？　あの、私に何か？」

桐原《きりはら》もユズの異常に気付く。

「……銀《ぎん》。この子、銀《ぎん》のクラスの子？」

「……そうだけど」

桐原《きりはら》だから構わないんだけど、知らないフリをする約束が秒で破られた。

ユズはふらふらとした足取りで桐原《きりはら》に近付く。

異様な雰囲気《ふんいき》に桐原《きりはら》は後ずさりするが、ユズは構わず、桐原《きりはら》を見つめ続ける。

かと思えば、

「────超《ちよう》美人～～～～ッッッ！」

桐原《きりはら》に急接近。両肩《りようかた》を掴《つか》み、捕獲《ほかく》した。目がキラキラ輝《かがや》いている。

「なんなのこの子っ！　すっごい美少女なんだけど⁉」

「え、あの、いや、私、そんなんじゃ──」

「いーやっ！　あたしの目はごまかせない！　あなた最高に美人よ⁉　メガネやめて髪型《かみがた》変えたら絶対映《ば》えまくり！」

「あ、あの、えと……」

「初対面でいきなりごめんね！　お化粧《けしよう》したことある？　もしやってないなら試《ため》してみて！　絶対クラス……いや、学校中の男子が黙《だま》ってないから！」

さすがの桐原《きりはら》も冷静さを失っている。ユズの勢いが強すぎて、対処に困っていた。

「あぁぁぁぁ、いいなっ～。高校生のときにこんな子が近くにいたら、あたし絶対口説くし！

放課後に化粧《けしょう》教えて、デート誘《さそ》って、一緒《いっしょ》に買い食い……ん？」

ぴた、とユズの動きが止まる。

「……香水《こうすい》つけてる？」

「い、一応……まだ暑いし、汗《あせ》、かいたりしますから……他は化粧《けしょう》、しない、ですけど……」

「……あ、あー、あぁ〜……」

桐原《きりはら》は『地味な生徒』を必死に装《よそお》っているが、俺が見るに、ユズは何かを察した。

「……余計なお節介《せっかい》だったかな。騒《さわ》いじゃってごめんね……」

「い、いえ。お気に、なさらず。……やっぱり、羽島《はしま》先生のお知り合い……なんですよね？」

「あっ！　ごめん銀《ぎん》！　知らないフリするの忘れてたっ‼　この子があんまりにも可愛《かわい》かったから、興奮しちゃって……」

「はいはい……」

ユズが絡《から》むと、いつも大騒《おおさわ》ぎだ。

可愛《かわい》い女の子や美人に目がないのも変わっていないんだな……。

「……高神柚香《たかがみゆずか》。俺の、大学時代の友達なんだ」

「そうなんですね。……でも、羽島《はしま》先生。招待客の申請《しんせい》って、されてましたっけ……？」

びくっ、とユズが桐原《きりはら》の言葉に反応する。

「生徒会の活動中、人数の試算をするために校長先生から書類を預かったんですけど、確か、羽島《はしま》先生の申請数《しんせい》はゼロだったような……」

「受付の手違《てちが》いで入れてしまったらしいぞ」

「えっ、そうなんですか？」

桐原《きりはら》に見つめられたユズは、気まずそうに目を逸《そ》らす。

「……や、やっぱり、出て行かなきゃダメ？」

「そういうわけではないんですけど、私、生徒会長をやっているので、報告義務が……でも、羽島《はしま》先生のお友達ですから、その……がんばって、見なかったことにしますねっ！」

「うぐっ……」

桐原《きりはら》は笑顔《えがお》で擁護《ようご》したが、ユズの表情は晴れない。苦しそうな顔をしている。

「……銀《ぎん》。あたし、帰る。この子に悪いこと、させられないわ……」

ユズは俺に文化祭の金券を手渡《てわた》し、名残惜《なごりお》しそうに手を振《ふ》ってとぼとぼと去っていく。

その背中が見えなくなると、桐原《きりはら》は「お疲《つか》れ様《さま》」と声を掛《か》けてきた。

「……俺とユズの話、どこから聞いてた？」

「最初から、かな」

「ってことは……さっきの狙《ねら》ってやっただろ？」

「当然。やっぱり便利でしょ。『地味で良い子な生徒会長』の看板」

「……女は、怖《こわ》い」

「ふふっ。言っとくけど、嫉妬《しっと》して追い出したわけじゃないからね。先生が困ってたから援護《えんご》したの。……でも、あのひとが柚香《ゆずか》さんかぁ」

「騒《さわ》がしい奴《やつ》だろ。絡《から》んで悪かったな」

「うぅん。でも、びっくりした。メガネ掛《か》けてるときに美人って言われたの初めて。本当に女の子も好きなんだね、あのひと。……あれが柚香《ゆずか》さんかぁ」

「…………」

「…………」

「……ちょっと、ドキドキさせられた？」

「……ほんのちょっと、ね」

まさかのライバル登場だった。

「俺のだからな？」

「それは揺《ゆ》るがないから、安心して」

「冗談《じょうだん》だよ」

俺が軽く笑うと、桐原《きりはら》はちらりと俺を見上げてくる。

「……珍《めずら》しいね。先生がそういう冗談《じょうだん》言うの」

「そうか？」

「……うん」

「どうした？」

急に、桐原《きりはら》の表情が曇《くも》った。

「……気にしすぎだとは思うんだけど、ただ――やっぱり、ちょっと怖《こわ》いなって」

「安心しろ。俺は、お前のだ」

桐原《きりはら》が息を呑《の》んだ気配があった。

俺は黙《だま》ったまま、空の台車に手を掛《か》けて倉庫に運び始める。

走り寄ってきた桐原《きりはら》が横につく。

「あの、先生。言ってもらえるのは嬉《うれ》しいんですけど、言った方が照れるのは、どうかと」

何も言わずに台車を押し続けたが、ついに桐原《きりはら》は笑い出してしまった。

「もうっ……可愛《かわい》いなぁ、先生」

その後、俺たちは台車を戻《もど》すために再び体育倉庫へ入る。

……結局、休憩《きゅうけい》時間の終わり際まで、桐原《きりはら》と倉庫の中で過ごしてしまった。

ただ、やましいことはしていない。くっついていただけだ。

休憩《きゅうけい》が終わったあとは、メイド喫茶《きっさ》の接客に戻《もど》る。

真面目に接客はしていたんだけど――桐原《きりはら》の言葉がどうしても引《ひ》っ掛《か》かっていた。

『──やっぱり、ちょっと怖《こわ》いなって』

桐原《きりはら》が恐《おそ》れた理由とは全然違《ちが》うんだけど──俺も、ユズを『やはり怖《こわ》い』と思っていた。

ユズは桐原《きりはら》の性質をなんとなく見抜《みぬ》いていた。些細《ささい》なことで俺たちの関係に勘付《かんづ》く可能性は十分ある。

ＧＰＳアプリは消去させたけど、あの行動力と気まぐれは脅威《きょうい》だ。

……運悪く偶然《ぐうぜん》が重なっていたら、バレていたかもしれない。

ユズに対しても、気を持たせ続けるのはよくない。

『彼女がいる』までは伝えて、ユズに距離感《きよりかん》を変えてもらうべきではないだろうか？

俺の考えは、そっちの方へ傾《かたむ》きつつあった。

＊＊＊

後日、その考えは桐原《きりはら》の言葉により、決定的なものになる。

＊＊＊

文化祭が行われたのは土曜日だった。

翌日は俺も桐原《きりはら》も疲《つか》れ果《は》て、一日中、アニメと海外ドラマを見ながらゴロ寝《ね》をして過ごした。

そして月曜日。暦《こよみ》上は平日だが、生徒たちは中間試験休みの代休を兼《か》ねて休日となっている。

俺たち教師は、職員室で文化祭の振《ふ》り返《かえ》りを行う。

まず、生徒たちが出した模擬店《もぎてん》の結果が発表された。

俺が担当するクラスは、目標だった売り上げ一位をぶっちぎりで獲得《かくとく》していた。

校長に促《うなが》されて要因を説明することになったが、全て生徒たちの手柄《てがら》です、と発表した。

「ホームルームで議論をする人間は偏《かたよ》っていましたけど、生徒たちから話を聞くに、メッセージアプリを使ってリーダー役が意見を吸い上げ、実のある話し合いができていたようです」

校長や教頭をはじめとしたベテラン勢は、昔とはずいぶん状況《じょうきょう》が異なる、ということで非常に興味深く聞いてくれていた。

俺が口を出した経緯《けいい》は、東《あずま》たちの顔を潰《つぶ》すことになりそうだったので特に触《ふ》れない。

最後は「事故なく終えられたことが一番」という校長の言葉で締《し》めくくられた。

その後は自由に仕事をしていい、と言われたので、暮井《くれい》さんと期末試験について話し合う。

「これが終わったら、もう三学期。あっという間に新学年ね。忙《いそが》しくなるわよ」

桐原《きりはら》も、受験や進路のことで忙《いそが》しくなるだろう。

……いずれ、保護者との三者面談もある。

そのとき、桐原《きりはら》はあの母親と、どう折り合いをつけてその場に臨《のぞ》むのだろう……。

そんな俺の心配をよそに、当の本人は元気いっぱいだ。

「おかえり〜」

仕事を終えて桐原《きりはら》の自宅に戻《もど》ると、笑顔《えがお》で玄関《げんかん》まで出迎《でむか》えてくれる。

「ただいま。夕飯、また作ってくれてたのか？」

「うん。お腹《なか》空いてるでしょ？」

桐原《きりはら》は後ろで髪《かみ》を縛《しば》り、エプロンを着けていた。エプロンにはキャラクターがプリントされている。学校で使うモノには選ばない系統だけど、桐原《きりはら》は意外と、こういう可愛《かわい》いモノも好きだったりする。

「そっちも生徒会で登校してたのに悪いな」

「気にしないで。午前中だけだし」

「……あれ？」

家の中に入ると、ちょっとした違和感《いわかん》があった。この香りは――。

「どうしたの？」

「いや……」

気になってキッチンを見てみるが、かぼちゃとナス、玉ねぎが切ってあるだけで、特に変わった様子はない。……気のせいか。

「今日は焼肉だよ〜っ！　ちょっといいお肉買ってきちゃった」

「おっ、いいな。文化祭の打ち上げ的な感じか？」

「まぁね！」

桐原《きりはら》はテーブルに小型のホットプレートを用意する。

先日、俺が通販《つうはん》で買ったやつだ。たこ焼き、すき焼きも簡単に作れる優《すぐ》れモノだ。

「手の込《こ》んだものを作ろうかなとも思ったんだけど、失敗するのが怖《こわ》くてこっちにしちゃった。生野菜切るだけだし、焼肉のタレがあるだけでおいしくなる！　……だよね？」

「あぁ。……アレはあるのか、アレは。焼肉の主役と言えば……」

「ライス！　いつもより多めに炊《た》いたよ！」

「よくやったぁっ！」

「いえーいっ！」

両手でハイタッチをして、軽く踊《おど》り合う。

暑苦しい変装状態から着替《きが》えてくると、桐原《きりはら》はさっそく肉をジュージュー焼き始めていた。

端《はし》っこの方では、野菜たちがじっくり焼かれて出番を待っている。

「銀《ぎん》、初めての文化祭お疲《つか》れ様《さま》でした！　いただきます！」

「桐原《きりはら》もお疲《つか》れさん！　いただきます！」

焼き上がった肉にタレをたっぷりつけて、ライスの上にのせてから肉を口に放り込む。

……あぁ、うまいっ！

「めちゃくちゃおいしいね！　元気出るわぁ〜……」

桐原《きりはら》も幸せそうな顔をしている。

「そういえば、うちのクラスまた売り上げ一位だったね」

「もう知ってたか。みんな大したもんだよ」

「銀《ぎん》もね！」

ちょいちょい会話を挟《はさ》みながら、追加の肉を鉄板に落としていく。

さすがに俺と同じ量は食べられないけど、若いだけあって、桐原《きりはら》は肉もがっつりイケる。

しばらくは肉とライスをひたすら食べ続けて、野菜が焼けたらちょいつまみ、気まぐれに肉をレタスで巻いてみたりもする。

二人とも箸《はし》が止まらず、夢中で食べてしまった。

桐原《きりはら》も俺も、ずっと笑っていた。

「いい肉だった。幸せだったな」

「うん。……お肉の貢献《こうけん》も大きいんだろうけど、やっぱり、食事に大切なのは雰囲気《ふんいき》だね、銀《ぎん》」

「……そうだな。この前、一緒《いっしょ》に食べた夜のカップ麺《めん》もうまかったし」

「あれね～……最高なんだけど、太りそうで怖《こわ》いよ」

「安心しろ。太るときもダイエットするときも一緒《いっしょ》だ」

「って言いながら、銀《ぎん》だけ体重変わらないの知ってるんだから」

桐原《きりはら》はむくれてしまう。

……体重の話は危険だ。

「それにしても、本当にいい肉だったな」

「うん。お高いだけあったね」

「……食費、大丈夫《だいじょうぶ》だよな？　半分、出すぞ？」

「お気になさらず。今日はいいんだよ。お祝いだから」

文化祭が終わったお祝い——にしては、ちょっと豪勢《ごうせい》だった。

もしかして……。

「ちょっと待っててね、銀《ぎん》」

桐原《きりはら》はキッチンに引っ込み、戸棚《とだな》を開く。

戻《もど》ってきた桐原《きりはら》の手には、いつもデザートを食べるときに使っている皿が乗っていた。

皿の上には、カップケーキが三つ。

「お誕生日、おめでとう」

「知ってたのか？」

今朝、両親とユズからも連絡《れんらく》が来ていた。

「ずいぶん前だけど、ネットで銀《ぎん》から教えてもらったよ。私、仲良くしてるひとの誕生日は必ずスマホに登録してるの」

「そっか……ありがとな。このカップケーキ、帰ってきてからわざわざ作ってくれたのか？」

「そうだよ〜。文化祭が終わったあと、小林《こばやし》さんにレシピを教えてもらったの。銀《ぎん》はしっかり甘いのが好きだから、チョコも刻んで混ぜてみたよ。失敗してないといいんだけどな……」

帰ってきたとき、甘い香りがしたのは気のせいではなかったみたいだ。

「嬉《うれ》しい？」

「……嬉《うれ》しすぎてうまくリアクションできてないけど、めちゃくちゃ嬉《うれ》しい」

「よかった！　……お肉でお腹《なか》いっぱい？　食べられる？」

「食べる」

頷《うなず》いた桐原《きりはら》はテーブルに皿を置いてくれた。

「私が食べさせてもいい？」

「桐原《きりはら》が作ってくれたものだから、好きにしていいぞ」

「じゃあ、失礼しまーすっ」

桐原《きりはら》は自分の椅子《いす》を俺の隣《となり》へ移動させる。ケーキに巻いてある紙を取り去り、フォークで一

口サイズに切り分けて口に運んでくれた。

少し照《て》れ臭《くさ》かったが、素直《すなお》にそのまま口に含《ふく》む。

「……おぉ。うまい！　よくできてる」

「本当っ？」

「生地《きじ》はふんわりしっとり、チョコはカリカリ、しっかり甘くて、俺好みだ」

「おぉ～」

「一緒《いっしょ》に食べよう」

「あ、じゃあ、私もちょっとだけ……」

ケーキに伸《の》びた桐原《きりはら》の手からそっとフォークを取り上げて、今度は俺が一口サイズに切り分ける。桐原《きりはら》は嬉《うれ》しそうに笑ってから、素直《すなお》に口を開く。

「ふふっ。おいしい」

「だろ？」

「うんっ。食べさせてくれて、ありがとう」

返事の代わりに頭を撫《な》でると、桐原《きりはら》は目を細めて微笑《ほほえ》む。

「……ねぇ、銀《ぎん》。これからもずっと、おいしいご飯、食べようね。一緒《いっしょ》にゲームして、一緒《いっしょ》に楽しく過ごして——一生、私のそばにいてね」

いきなり言われて、返答に詰《つ》まってしまった。

話し方から察するに、桐原《きりはら》は本気だ。

「急に重い話して、ごめん……でも、私、銀《ぎん》がいいんだ。銀《ぎん》は、私の可能性を狭《せば》めたくなくて私を縛《しば》りたくないかもだけど……私は、銀《ぎん》以外のひとと一緒《いっしょ》になる未来なんて想像できない。……大好きなんだよ」

卑怯《ひきょう》かもしれないけど、俺からは『ちゃんと付き合うのは卒業後にしよう』と言っているだけだ。それ以上のことは言っていない。

それは桐原《きりはら》のためだ。

桐原《きりはら》は大人びているけど、まだ社会に出ていない。これから、俺以外の人間を見て成長もするだろうし、価値観が変わる可能性も十分ある。

俺とずっと歩くかどうかを判断するのは、それからでも遅《おそ》くない。

……俺以外の人間をたくさん見て、それでもまだ俺を選んでくれるなら、誰《だれ》にも渡《わた》さない。

だが、いま決めるのは早すぎる。桐原《きりはら》のためにならない。

俺が桐原《きりはら》だけ、と決めて待つのはいい。でも、桐原《きりはら》が同じようにするのはダメなんだ。

桐原《きりはら》が言った次の一言が、その思いをより強くさせた。

「もしも卒業までに秘密がバレても、私、一緒《いっしょ》に行くから」

……。

……その気持ちが嬉《うれ》しくないと言ったら、嘘《うそ》になる。

でも、それを受け入れることはできない。

「ダメだよ、桐原《きりはら》。それは絶対にダメだ」

なるべく、硬《かた》い口調にならないよう、穏《おだ》やかに言ったつもりだ。

それでも桐原《きりはら》は「どうして？」と悲しそうに呟《つぶや》く。

「気持ちは嬉《うれ》しい。でも、卒業までにバレたとき、人生を棒に振《ふ》るのは俺だけでいい」

「だけど、私は――」

「ダメだ。これだけは譲《ゆず》れない」

桐原《きりはら》は俺よりずっと優秀《ゆうしゅう》で、俺よりも大人びている。

それでも俺は、お前より大人で、お前はまだ子供なんだ。

何かあったとき、責任を取るのは俺だ。

＊＊＊

だが、考えれば考えるほど、噛《か》み締《し》めれば噛《か》み締《し》めるほど、桐原《きりはら》の気持ちは嬉《うれ》しかった。

あいつも、あいつなりに覚悟《かくご》をして、俺との秘密を抱《かか》えてくれている。

その気概《きがい》には応えてやりたい。

＊＊＊

数日後の夜。ユズに連絡《れんらく》を取って、仕事が終わってから久しぶりに自宅へ戻《もど》ることにした。

俺からユズに話があったし、ユズからも、十一月に入ったので光熱費を渡《わた》したい、と言われている。

鍵《かぎ》を開けて中に入ると、ユズが「おかえりーっ！」と飛んでくる。

会うのは文化祭以来だが、まったく変わりないようだ。

「お仕事お疲《つか》れさん～っ！　お茶が入ってるよー」

「あぁ。でも、あまり長居は……」

「そんなこと言わないで！　ご飯も作ったから食べて行ってよ。アボカドささ身丼《どん》だよ。わさび醬油《しょうゆ》で召《め》し上《あ》がれ～っ！」

「………」

話をしたら帰るつもりだったけど、こうなる予感もしていた。

桐原《きりはら》には「遅《おそ》くなるかもしれない」と伝えてある。正解だったらしい。

ユズが繰《く》り出《だ》してくる謎《なぞ》料理は、相変わらずのクオリティだった。

なんで、この組み合わせで美味《おい》しい料理が作れるのだろう。

「……ごちそうさまでした」

「お粗末《そまつ》さまでした！」

食後のお茶を淹《い》れてもらいながら、それとなく部屋の様子を確認《かくにん》する。

化粧品《けしょうひん》や布団《ふとん》、ユズの服を掛《か》けているハンガーは増えているが、俺が使っていたもの、置いていたものは手付かずのままだ。細かいところの掃除《そうじ》も行き届いている。

なんなら、寝《ね》に帰ってきていた俺が住んでいたときよりも綺麗《きれい》だ。

「あ、そだそだ。これ、忘れないうちに——ありがとでした」

「ん」

封筒《ふうとう》に入れられた光熱費を受け取り、鞄《かばん》に入れる。

「中身、確認《かくにん》しないの？」

「別にいいだろ。昔から、お金についてはしっかりしてたし」

「んふふ～。銀《ぎん》はさりげなくあたしをアゲてくれるよね。だから好き～」

ふにゃっ、と笑う様子はとても明るい。

……これからする話を思うと、気が重くなる。

ユズがお茶を淹《い》れ終わり、対面に座《すわ》ったところで、こっそり気合いを入れる。

「話をしたいんだけど、いいか？」

「うん。なぁに？」

「実は、彼女がいる」

ユズの身体《からだ》が強張《こわば》った。

……少しでも、桐原《きりはら》との秘密がバレる危険を排除《はいじょ》するためだ。

ユズが俺に気を持った状態で俺たちのそばにいるのは、やはり怖《こわ》い。

桐原《きりはら》を守るためだけど、ユズにも筋を通すことになるはずだ。

「……いつから？」

「ちゃんと付き合い始めたのは、この間から。ユズが俺を頼《たよ》ってきたとき辺りが、ちょうど付き合い始めだった」

「……ちゃんとした彼女？」

「まぁ、一応」

「お店の娘《こ》とかじゃない？」

「違《ちが》う」

「アイドルとか、ネットで配信やってる娘《こ》の大ファンになったとかいう話でもなく？」

「そういうのじゃない」

「……なんであたしに言わなかったの？」

「相手方に事情があって言えなかったんだ」

「お相手、ちゃんと独身？　彼氏彼女《かれし》いない？　フリー？」

「それは、間違《まちが》いない」

「……そのひと、ちゃんと銀《ぎん》のこと好き？」

「大好きだって言ってくれてる」

「…………ちゃんとした、彼女？」

「だから、そう言ってる」

ユズは、何度もまばたきを繰《く》り返《かえ》す。

「ゆ……」

……ゆ？ と俺が首を傾《かし》げる。

「言《ゆ》ってよーっ⁉」

高神柚香《たかがみゆずか》、夜の大絶叫《だいぜっきょう》だった。

「あたし、彼女持ちの男の家に転がり込んでプロポーズしてあんな写真送ってたワケ⁉ イタい女じゃん！ ピエロじゃんっっ⁉」

「す、すまん……」

「どうして言わなかったのよー⁉ 銀《ぎん》はちゃんとした彼女がいるなら絶対、あたしを自分の家に上げないと思ってたから安心して頼《たよ》ったのに！」

「……面目《めんぼく》ない」

桐原《きりはら》にも筋が通っていなかったけど、ユズにも悪いことをしていた自覚はちゃんとある。

それもあって、ここに来るまで気が重くてしょうがなかった。

「わーん……つらいよぅ。普通《ふつう》の失恋《しつれん》よりダメージ二倍、三倍増しだよ、これぇ……」

「本当にすまん……」

「あ。彼女にはあたしのこと、ちゃんと言った⁉」

「説明してる。ユズには付き合っていることを話してもいいって言われたから、今、こうして話してる」

「そ、そっか。……ってことはあたし、もうこの家、出なきゃダメ？」

「いや。就活が終わるまでは大丈夫《だいじょうぶ》だ。その辺りもわかってくれてる」

「……なんか、すごくちゃんとしてるひとだね、そのひと」

そこについては同意しかない。

桐原《きりはら》は激重の恋愛依存《れんあいいぞん》でやきもち焼きだけど、理解はある方だと思う。

俺のことを、とても尊重してくれている。理想の相手と言ってもいい。

「ごめん……迷惑掛《めいわくか》けちゃったね」

「いや、俺の方こそ……申し訳ない」

「うぅ～……うぅ～ん……」

思い出しダメージが大きいのか、ユズは頭を抱《かか》えて唸《うな》り始めた。

だが、少しすると「……よし」と意を決したように立ち上がった。

「銀《ぎん》。飲もう」

「……え。俺、明日仕事なんだけど」

「一杯《ぱい》だけなら大丈夫《だいじょうぶ》でしょう？　無理はさせないから」

ユズは冷蔵庫からチューハイの缶《かん》をいくつか持ってくる。氷を入れたグラスも一緒《いっしょ》だ。

「正直、飲まないとやってられねーわよ！　……お願いだから、付き合って」

「……わかった」

気持ちはわかるので、付き合うことにする。

桐原《きりはら》への連絡《れんらく》は——あとでいいか。

一杯《ぱい》だけなら、問題なく帰れるはずだ。

＊＊＊

……銀《ぎん》に、彼女がいた。

その可能性はゼロではないと思っていたけど——本人から聞くとショックだった。

でも、それにしてはどうも気になる点が多すぎる。

生真面目《きまじめ》すぎるほど生真面目《きまじめ》な銀《ぎん》が、どうしてあたしに彼女の存在を隠《かく》していたの？

心に決めたひとがいてあたしを遠ざけたいなら、伝える以上の手はないはず。

前も思ったけど、この恋《こい》には何かウラがある。

あたしや、あたし以外に言えない事情があるんだ。

銀《ぎん》は相手方の事情って言っていたけど――それは本当に大丈夫《だいじょうぶ》なの？

あたしが選ばれないのは別に構わない。

……いや、本音を言えば悲しいけど、それはしょうがない。

銀《ぎん》の人生は銀《ぎん》のモノ。選ぶ権利は銀《ぎん》にある。

だけど、銀《ぎん》が幸せになれない道を選ぼうとしているなら――あたしはその相手を許せない。

お節介《せっかい》で自分勝手なのは百も承知だけど、銀《ぎん》の幸せだけは絶対に譲《ゆず》れない。

自慢《じまん》ではないけど、あたしは銀《ぎん》のことなら知《し》り尽《つ》くしている。

秘密を話させる方法も、熟知している。

「いやぁ、それにしても銀《ぎん》にも彼女がいたなんてねぇ」

「まぁ、な。へへへっ……」

銀《ぎん》はすぐに酔《よ》う。よく笑うようになって、口が軽くなる。

「お相手、どんなひと？」

「……とても頭が良くて、いつも、俺を助けてくれる」

「そうなんだ～っ。ってことは年上？」

「………………」

「あ、違《ちが》うんだ。同い年？　年下？」

「……秘密だ」

酔《よ》っているはずなのに口が堅《かた》い。

でも、この反応だと、年上ではない。

「どこで知り合ったの？　職場？」

「……秘密だ」

「うーん？　あっ、ゲーム？」

「や、ほんと、秘密なんだ……」

「え～。でも気になるじゃん～。そのひととは結婚《けっこん》も考えてる？」

「……まだ、そういうのは、全然」

「ふぅ～ん」

あたしは銀《ぎん》のグラスに追加のチューハイを注ぎ込む。

「ユズ、俺、もう一本飲んだだろ？」

「そんなことないよ？　あたしと分けっこして、半分ずつ注いでるもん。それにロックで飲んでるから、もうちょいイケるはずだよ」

「ん、そうか――そうだな」

――半分ずつ注ぐ、と言いつつ、少しだけ銀《ぎん》の方を多めにする。

——氷で薄《うす》めているから、と言って、飲んだ量を少しごまかす。

銀《ぎん》は一本以上飲むと酔《よ》い潰《つぶ》れるけど、その手前に、意識を失うギリギリのラインがある。

いま注いだ分を飲めば、一本プラスアルファになるはずだ。

銀《ぎん》は弱いけど、お酒が大好き。酔《よ》うのもけっして嫌《きら》いじゃない。

注がれた分は必ず飲む。……ほら、飲んだ。

まぶたが半分落ちて、顔もちょっと赤い。

「ねぇ、銀《ぎん》。今の彼女は銀《ぎん》を幸せにしてくれる？」

「……うん」

「絶対？」

「……あぁ。でも、俺が幸せにできるかどうかは、まだ、わからない——あいつが、俺を選ぶかどうかも……だけど、俺はちゃんと待ちたい——」

いま聞き出している情報は、本来なら知ってはいけないこと。

裏技《うらわざ》を使ってずるく聞き出していることも卑怯《ひきょう》でつらいし、好きなひとが好きなひとに抱《いだ》いている想《おも》いを聞くというのも、究極の罰《ばつ》ゲームだ。

はっきり言って、泣きそう。

……でも、もう少し踏《ふ》み込む。

「言えない事情ってなんだったの？」

「それは……絶対に言えない」

あたしは驚《おどろ》く。

この状態になっても言わないなんて、よっぽどだ。

「あたしにも言えないの？」

「ユズには特に言えない……ユズが聞いたら、きっと……止めてくるから……」

「何それ？　どういうこと？」

「……ごめん、言えないんだ」

もう座っているのもつらいらしい。

机に突《つ》っ伏《ぶ》した銀《ぎん》は、小さな声で続ける。

「――バレたら、終わる」

それを言ったあと、銀《ぎん》は動かなくなり、寝息《ねいき》を立て始めた。

銀《ぎん》の背中に毛布を掛《か》けるあたしは当然、考える。

バレたら終わるって、なんだ？

4．桐原灯佳《きりはらとうか》・今の目標：早く大人になること

学生時代と違《ちが》い、今の俺にとって月末という区切りは大きな意味を持っている。

正確には、バイトをし始めてからの俺にとって――だろうか。

働いていた居酒屋でも、その日が過ぎた月末付近は一番忙《いそが》しかったし、自分自身も、その日が待ち遠しかった。

要するに、給料日だ。

月末以外に設定されている場合もあると聞くが、バイト先の居酒屋も森瓦《もりかわら》学園も二十五日に設定されている。

ここ最近は出費が多かった。まとまった金額が入るのはありがたい。

貯金はまだあるが、金額が目減りしていくのは、どうしても気が滅入《めい》る。ようやく少し回復してホクホクだ。

だからと言って、ケチにはなりたくない。

十一月初週の金曜日。桐原《きりはら》を連れて外食にやってきた。

完全個室が売りの和食屋で、ちょっぴりイイお店だ。

「雰囲気《ふんいき》いいねぇ～っ！」

畳《たたみ》と掘《ほ》りごたつが目立つ個室に案内された桐原《きりはら》は、すぐに目を輝《かがや》かせる。俺も桐原《きりはら》も変装を

しているのが窮屈《きゅうくつ》だけど、これはかりはしょうがない。仕事が終わったあと、家で変装をして、それから店へ——という流れだ。

「料理はコースで予約してるけど、何か飲むなら追加で注文してくれ」

「おぉ、太っ腹ぁ。でも、お金いいの？」

「……この前、心配掛《か》けた埋《う》め合《あ》わせだから。今日は奮発する」

実は先日、桐原《きりはら》をまた泣かせてしまった。

ユズと話をするために自宅へ戻《もど》った日、酒に酔《よ》って、そのまま朝まで起きられなかったんだ。出勤には十分間に合う時間にユズが起こしてくれたんだけど、スマホには桐原《きりはら》からの着信履《り》歴《れき》がずらり。桐原《きりはら》視点だと無断外泊《がいはく》だし、「ユズと話してくる」と伝えてもいたので、話がもつれて刺《さ》されたのではないかと本気で心配したらしい。

一睡《いっすい》もできず、警察に相談することも本気で考えたのだとか……。

慌《あわ》てて電話を掛《か》けたが、大泣きされてしまい、大変バツが悪かった。

「ほんっとうに心配したんだからね」

「……すみませんでした」

当日は徹夜《てつや》と心労でフラフラだったので、学校も休んでもらった。

「まぁ、無事だからよかったんだけど。ご飯、楽しみー っ♪」

なかなか大変な一日だったけど、桐原《きりはら》の機嫌《きげん》は持ち直している。

ユズも、あの日からは俺と少し距離《きょり》を取って連絡《れんらく》をするようになってくれた。

あとはユズの就活さえ終われば、元通りになるはずだ。

その辺りの報告をしたので桐原《きりはら》は機嫌《きげん》がいいのかもしれない。

そんな桐原《きりはら》のテンションは、料理が運ばれてくるとますます上がっていった。

運ばれてきた料理を写真に撮《と》り、嬉《うれ》しそうに味わっていく。

「写真、SNSにでも上げるのか？」

「ううん。銀《ぎん》との思い出だから。好きなひとがこういうお店に連れてきてくれるの、人生で初めてだしね」

「……そうか。桐原《きりはら》の初めてになれて、何より」

「わーっ。なんか言い方がエローい？」

「そう思うのは桐原《きりはら》の心が汚《よご》れているからだ」

「いいんだもーん。ここは学校じゃないから、良い子モードはお休み」

食事は先付からデザートまで、和《なご》やかに進んだ。

ちょっとイイお店なだけあって、食後のお茶も良い香《い》りだ。

……上物の茶葉を使っていそうな感じがする。

桐原《きりはら》は紅茶党だけど、たまには家で緑茶を淹《い》れるのもいいかもしれない。

「おいしゅうございました。素敵《すてき》なお料理をありがとう、銀《ぎん》」

「どういたしまして。……で、腹もこなれたことだし、少し話をしたいんだが」

「……何？」

不穏《ふおん》な気配を感じたのか、桐原《きりはら》が少し緊張《きんちょう》を見せる。

「そんなに構えなくていいんだけど――今後の話をあらためてしておきたい。本当は暮井《くれい》さんの件が片付いたあとにするべきだったんだけど、ユズのせいでバタバタして、話し合うのをすっ飛ばしてただろ。いい機会だから、一度ちゃんと……な？」

「……うん」

「まずは確認《かくにん》だ。最近、だいぶフライング気味なのは自覚あるんだが……俺たちが普通《ふつう》に付き合えるのは卒業後。これは、それでいいよな？」

「うん」

「で、この前してくれた、ずっと一緒《いっしょ》に――っていう話は先のことだ。気持ちは嬉《うれ》しいけど、桐原《きりはら》はまだ学生だし、もうちょっと色々な世界を見てから決めればいいと思う。一緒《いっしょ》にいるのが嫌《いや》、って話じゃないぞ。縛《しば》りたくない、って話だ。わかってくれるな？」

「……うん」

「ただ、まぁ……それなら、なんで暮井《くれい》さんの件があったとき、あんな無茶をして俺がお前を捕《つか》まえにいったんだって話になる」

「うん」

「あれは、桐原《きりはら》が心配だったからだ。案の定、生活はめちゃくちゃ荒《あ》れていたみたいだし。あのままだと寂《さび》しさのせいで変な男に頼《たよ》ってしまうんじゃないか、って心配もあった。……それが嫌《いや》だったから、強引《ごういん》に捕《つか》まえにいった」

「……うん。ありがとう。すごく嬉《うれ》しかった。あれでまた銀《ぎん》を大好きになったよ」

「それはよかった。俺も桐原《きりはら》といるのはとても楽しい。……でも、本当に桐原《きりはら》の将来や人生を考えるなら、家に行くのも学校での密会もなるべくやめて、卒業まで適切に距離《きょり》を取った方がいいんだよな……とは、常に思ってる」

「う～……それはそうだけど……じゃあ、なんで銀《ぎん》は家に来てくれるの？」

「だってそうしないとお前、今は無理だろ？　平日も土日もひとりで暮らすの、耐《た》えられるか？」

桐原《きりはら》は固まる。

その後、唇《くちびる》が尖《とが》り、じわっ、と涙《なみだ》を浮《う》かべた。

「無理ぃ～。寂《さび》しくて絶対無理ぃ～。想像しただけで、ちょっと泣けちゃう……」

「そうだろ……だからまぁ、今はしょうがないかなって……桐原《きりはら》がいっぱい甘えて落ち着いたら、一旦《いったん》、普通《ふつう》のゲーム友達くらいまでに戻《もど》るのがいいと思う。……どうだ？」

「……そうなったら寂《さび》しくて毎日長電話すると思うけど、いい？」

「遠距離《えんきょり》恋愛《れんあい》みたいだな」

距離感《きょりかん》としては、あながち間違《まちが》っていないかもしれん。

「どちらにせよ来年は受験がある。今みたいなべったりはやめて、勉強に集中した方がいい。社会に出たら、勉強だけに集中できる時期っていうのもそうそうないしな」

「……そうだね。寂《さび》しいけど、今からちょっとずつ覚悟《かくご》してく」

「えらいぞ。そういえば進路はどうするんだ？」

「親とまだ話し合ってないけど、とりあえず進学になるんじゃないかな。父親は自分と同じ大学に行かせたがってるはずだし」

「どうしても働きたいとか、どうしてもなりたい職業がないなら進学がいいだろうな。一般的《いっぱんてき》には、どの業界へ行くにも、いい大学に入ってた方が選択肢《せんたくし》は広がるし」

「うん。大学に入ったらさ、教員免許《めんきょ》は絶対に取っておきたいよね。卒業したら、森瓦《もりかわら》学園で教師になるの。そしたら銀《ぎん》と働けるでしょ？」

「やめとけ。大学にもそのパターンの就職を目指した奴《やつ》がいたけど、別れた場合が悲惨《ひさん》だ」

「別れないもん。……真面目な話、就職先としては悪くないと思わない？　生徒会長やってるから学園のことよく知ってるし、先生とも教え子ともうまくやるよ？」

「……あっという間に俺よりえらくなりそうだ」

「卑下《ひげ》しすぎ〜。銀《ぎん》はしっかりやってるじゃん」

ちょうど話のキリが良《い》いところで、店員さんが伝票とお茶のお代わりを持ってきた。

「いい時間だし、飲み終わったら出るか」

「うん」

お茶を飲み終えて個室を出る直前、「ねぇ」と桐原《きりはら》が呼び掛《よ》《か》けてきた。

「普通《ふつう》に付き合えるのは卒業後だけど、私は銀《ぎん》の彼女……でいいんだよね？」

「……秘密だけどな」

桐原《きりはら》は安心したように笑う。顔を近付けて、軽くキスをしてきた。

「唾《つば》つけてるんだからね。浮気《うわき》しちゃダメだよ」

「こっちの台詞《せりふ》だ」

「するわけないじゃん。ふふっ」

ぎゅーっ、と桐原《きりはら》は腕《うで》にしがみついてくる。

会計の間も放してくれなかったので、財布《さいふ》を出すのが大変だった。

店を出たあとも桐原《きりはら》は俺の腕《うで》にしがみつき、密着したままだった。

「桐原《きりはら》、少し離《はな》れないと危ないぞ」

「やーだっ。今のうちにいっぱい甘えるのーっ」

「はいはい……」

「ハイは一回、でしょー？」

「へーい」

行きはバスで来たけど、帰りは腹ごなしも兼《か》ねてのんびり歩くことにした。

俺も桐原《きりはら》も、今はそういう気分だった。

「来年は寂《さび》しい一年になりそうだな」

「……うん」

きゅっ、と桐原《きりはら》が俺の腕《うで》を摑《つか》む力を強める。

「私、ちゃんと我慢《がまん》できるかなぁ……」

「卒業までの辛抱《しんぼう》だ」

「夜、帰ってから朝までずっと電話繋《つな》ぎっぱなしにしていい？」

「……寝《ね》るときも？」

「当たり前じゃん。寂《さび》しいもん」

「そうか……」

会話を挟《はさ》みながら歩き続けて、桐原《きりはら》の自宅近くまで帰ってきた。

マンションの入り口前で、俺の電話が鳴る。

「学校から？」

「……いや、ユズからだな」

最近はメッセージも少なかったし、電話は珍《めずら》しい。……何かあったのだろうか。

「出ていいか？」

桐原《きりはら》が頷《うなず》いてから、画面をタップする。

『……銀《ぎん》？』

「ユズ、どうした？」

『…………』

「……？　ユズ？」

どうも様子がおかしい。

『銀《ぎん》、今どこにいるの？』

「どこって……外にいるけど」

『誰《だれ》かと一緒《いっしょ》？』

「あぁ」

『それって、彼女さん？』

「そう、だけど……」

質問の意図が見えない。なんでそんなに確認《かくにん》を繰《く》り返《かえ》すんだ？

『……やっぱり、その子なんだ』

電話が一度切れる。……まったくもって意味がわからない。

困惑《こんわく》していると、再び電話が掛《か》かってきた。

「もしもし？　ユズ、さっきからいったいなんなんだ？」

「なんなんだ、はこっちの台詞《せりふ》だよ」

その声はスマホのスピーカーからではなくて、近くから聞こえてきた。

声がした方へ顔を向ける。

スマホを持って、険しい顔をしているユズが立っていた。

「どうして、そんな格好で彼女と会う必要があるの」

変装のことを言っているのだろう。金髪《きんぱつ》ウィッグにスカジャン……普段《ふだん》の俺なら絶対に選ばない服装だ。人違《ひとちが》いを装《よそお》ってとぼけるのは、きっと無理だ。名前も出したし、たぶん、電話に出るタイミングも見られている。

「ユズ、これは――」

「いいよ、説明しなくて。全部わかってるから」

ユズは俺の隣《となり》にいる桐原《きりはら》を睨《にら》んでから、もう一度俺と目を合わせてくる。

「そっちの彼女さんは銀《ぎん》の教え子。この間の生徒会長さん。……そうなんでしょ？」

……桐原《きりはら》に頼《たの》み、「人目があるから」という理由でユズを家に上げてもらった。

いつも俺たちが過ごしているテレビの前まで移動して、ユズに座るよう促《うなが》したが、「いい」と断られた。

ユズは今まで見たことがないくらい険しい表情をしている。

桐原《きりはら》の表情も硬《かた》い。空気がピンと張《は》り詰《つ》めていた。

お互《たが》いに相手が喋《しゃべ》るのを待つ中、ユズが重たそうに口を開く。

「悪いなと思ったんだけど、最近、銀《ぎん》のあとを尾《つ》けていたの」

俺が仕事を終えて、桐原《きりはら》の自宅へ向かうまでの間だけ、ユズは俺を尾行《びこう》していたそうだ。

最初の日は駅前のトイレで俺を見失った。変装のおかげだ。

でも、尾行《びこう》を始めてから数日後……つまり、昨日の夜。

俺が変装後も同じ鞄《かばん》を提《さ》げていたせいで、ついに勘付《かんづ》かれた。

「よく見ると靴《くつ》も同じだった。銀《ぎん》が泊《と》まっている家がここだってようやくわかった」

マンションの中までは追わず、スマホのカメラのズーム機能を使って、俺が入った部屋番号の数字を確かめたらしい。

——帰るだけなのに、どうして変装する必要がある？

疑念を深めたユズは次の日、始発に乗って出掛《でか》け、朝からマンションに張り付いた。

俺は『念には念を』の精神で出勤時も変装していたが、桐原《きりはら》は違《ちが》う。

同じ部屋から制服姿の桐原《きりはら》が出てくるのを見て、ユズは全てを察したらしい。

「ユズ、お前、どうしてそこまで……」

「わかんない？　銀《ぎん》が心配だったからだよ！」

尋《たず》ねはしたものの、その答えが返ってくることは薄々《うすうす》わかっていた。

「一緒《いっしょ》にお酒を飲んだ日、銀《ぎん》に彼女のことを絶対に教えられないって言われて、何かウラがあるって感じたの。余計なお節介《せっかい》だけど、銀《ぎん》が幸せになれない相手なら——絶対止めなきゃダメだって思った」

ひとによっては、狂気《きょうき》の沙汰《さた》だと言うかもしれない。

でも俺は、ユズを突《つ》き動《うご》かした気持ちに既視感《きしかん》があった。

今のユズは俺と同じなんだ。

桐原《きりはら》との関係を守るために暮井《くれい》さんを尾行《びこう》したときと、まったく同じ。

……ユズにとって、俺はそういう存在だったらしい。

数年前だったら嬉《うれ》しいはずの気持ちが、こんな形でぶつかってしまうのは——とても悲しい。

「ねぇ銀《ぎん》。いま自分がやってることがどういうことか、わかってる？」

「柚香《ゆずか》さん、ごめんなさい。私が悪いんです。最初は私が無理やり先生を」「そんなの聞かなくてもわかってる！」

たまらず口を挟《はさ》んだ桐原《きりはら》に、ユズは思い切り言葉を被《かぶ》せてきた。

「銀《ぎん》の方から教え子に手を出すなんて想像できない。……たぶん、あなたにも何か事情があるんだろうね。それを聞けば、あたしもあなたたちのことを理解するかもしれない――一番大切なことがブレそうだから、あえて聞かないけど」

桐原《きりはら》にまくしたてたあと、ユズの視線は再び俺に向く。

「銀《ぎん》。わかってるよね。どんな事情があっても、教え子なんだよ？　バレたら終わるんだよ？」

「…………」

「変装して注意していても所詮《しょせん》は素人《しろうと》のやることだよ。あたしなんかにもおかしいってバレるレベルだよ。あたしなんかが尾行《びこう》しても追及《ついきゅう》できちゃうレベルなんだよ。絶対に危ないよ！」

「……そうだな。ユズの言うことは、正しい」

反論したい気持ちもあったけど、ここまでユズが辿《たど》り着《つ》いてしまっているのが現実だ。

それが全てを物語っている。

だが、危ないのもバレたら終わるのも、全部最初からわかっていたことだ。

「でも、もう少し、こいつと――桐原《きりはら》と一緒《いっしょ》にいてやりたいんだ。ちょうどさっき、その話もしてきた。気持ちが落ち着いたら、卒業までは必ず距離《きょより》を取る」

「それまでにバレたら？　それ、取り返しつく？」

「つかない。……それでも、だ」

「…………」

「…………」

「……そう、わかってくれないんだ。……そんなに、この子が大事なんだ？」

「そうだ」

「……じゃあ、悪いけど、あたし、あなたたちのこと、脅《おど》す」

怒《いか》りだろうか、哀《かな》しみだろうか。ユズは、声を震《ふる》わせながら必死に絞《しぼ》り出《だ》してくる。

「今から、学校と警察にあなたたちのこと言いに行く。あたしがあなたたちを終わらせる」

隣《となり》で桐原《きりはら》が硬直《こうちょく》したのがわかった。俺はひるまずに言い返す。

「なんでそんなことをする必要がある？」

「銀《ぎん》のためだよ！　あたしが言ったこと、全然わかってないじゃん！　バレたら終わりだって自分でも言ってたくせに！　本当はわかってるくせにっ!!」

……いや、違《ちが》う。

それだけじゃない。

ユズが本当に言いたいのは、たぶん――。

「全部バラされるのが嫌《いや》なら、銀《ぎん》、お願い――あたしを選んで」

「…………」

ああ、やっぱり――というのが、最初の感想だった。

「あたし本気だよ？　選んでもらえないなら、あたし……ほんとに、行くから」

脅《おど》しているのはユズの方なのに、追《お》い詰《つ》められているのもユズの方だった。

「……ごめん、ほんとは、こんなみっともないこと、したくない。一度別れたくせに、勝手な女だって、自分でも思うけど……でも、もう二度と……銀《ぎん》から離《はな》れて、後悔《こうかい》したくないんだよ」

「…………」

「今日のことで恨《うら》まれても構わない……でも選んでくれたら一生懸《か》けて、一生尽《つ》くして、あたしを選んだこと、正しかったたって、証明するから……」

浅い呼吸を繰《く》り返《かえ》していたユズは、一度深呼吸する。

「今度は何があっても離《はな》さないし、絶対に離《はな》れない。……お願い、わかって」

……思っていた理由とは少し違《ちが》うが、こうなることがわかっていたから、俺はユズに真実を言えなかった。教え子と恋《こい》をしているって知ったら、ユズは絶対、俺の将来を思って止めてくるとわかっていたんだ。

だけど、言われることがわかっているなら、事前に準備はできる。

……俺は、用意していた答えをユズに伝えるだけだ。

「ユズの言いたいことはよくわかった。……でもごめん。その誘《さそ》いには乗れない。もしもお前を選んだら、桐原《きりはら》が悲しむ。それは嫌《いや》なんだ」

「……バラされてもいいってこと？」

「あぁ。覚悟《かくご》はできてる」

腹をくくって、毅然《きぜん》とした態度を意識してユズを見つめ返す。

ユズが、気後《きおく》れしたのが感じ取れた。

「たとえ破滅《はめつ》することになっても桐原《きりはら》を選ぶ。全部バラされても俺はユズのものにはなれない。バラされたら、俺は全力でこいつを守る。俺が好き勝手やったせいだった、悪いのは全部俺だった、っていう方へ持っていく」

「っ、やだよ、先生、ダメだよそんなの……」

「いいんだ、桐原《きりはら》。全部、決めてたことだ」

暮井《くれい》さんの件を知らないユズに、軽く補足する。

「前にも一回、バレたときがあったんだ。そのときは桐原《きりはら》に守ってもらった。同じことが起きたら、今度は俺が守るって決めてた」

しん、と部屋が静まり返る。

「ユズなら——わかってくれるよな?」

それを言った瞬間《しゅんかん》、ユズはなんとも言えない、複雑な表情を見せた。

怒《おこ》っているわけでも、悲しんでいるわけでもなくて……ただ、何かを諦《あきら》めたのがはっきりとわかる、不思議な表情だった。

「……そっか。そんなに、その子なんだね」

ユズは、フッと笑う。……うまくいってなくて、口元を歪《ゆが》ませただけになってしまっていたけど意図は伝わってきた。

「またフラれちゃった。ほんと、かっこ悪いなぁ……」

悲しそうに呟《つぶや》きをこぼしたあと、ユズはちらりと俺を見てくる。

「銀《ぎん》、ちょっとだけ教えて。まだ付き合ってたころに、あたしがさっきみたいに銀《ぎん》を引き留めていたら――あたしたちは別れなかったかな？」

「……あぁ」

「あたし、追い出された元カレから付き合おうって言われたとき、まだ銀《ぎん》が好きだよって電話するか、迷ったんだ。でも、銀《ぎん》が『これから転職する、忙《いそが》しくなりそう』って言ってたから、言えなくて――あのとき電話してたら、銀《ぎん》はあたしとのこと――考え直してくれてたかな？」

「……あぁ」

「その子の、前に、あたしが……あた、しが……」

ユズが何を一番確認《かくにん》したいのか、俺にはわかってしまった。

「少し順番が違《ちが》っていたら、俺はユズと一緒《いっしょ》になってた。別れたあともずっと大切に想《おも》ってた。別の男性と同棲《どうせい》してるって言われたとき、寂《さび》しかったよ。……でも、幸せになってほしかったから、言わなかった」

「……うん。わかった。ありがと」

ユズは、ぐいっ、と腕《うで》で目元を拭《ぬぐ》う。

「桐原《きりはら》ちゃん、だっけ。ごめんね、怖《こわ》いこと言って」

ユズから笑顔《えがお》を向けられた桐原《きりはら》は、ふるふる、と首を左右に振《ふ》った。

「さっきの話は全部忘れてね。銀《ぎん》を、幸せにしてあげてね？」

こくり、と桐原《きりはら》は頷《うなず》く。

ユズは俺の方を向いてくる。銀《ぎん》、と優《やさ》しい声色《こわいろ》で名前を呼んでくれた。

「幸せになってね。……『約束』だよ？」

……笑っているのに、ぼろぼろ泣いていた。

「さよなら。ばいばい」

一息に言い切って、ユズは走り去っていく。

俺と桐原《きりはら》は、それを無言で見送る。乱暴に開かれた玄関《げんかん》が、やかましく閉じる。

「……追《お》い掛《か》けなくていいの？」

「追《お》い掛《か》けても、何も言えない。……何か言う資格もないよ」

自虐《じぎゃく》ではなく、本心だ。

……なんて言ったって俺は、『あんなもの』を用意していたんだからな。

テレビ台のそばに俺のビジネスバッグが置いてある。

あの鞄《かばん》の底には、ＵＳＢメモリが入っているんだ。

中身はユズが最近、俺に送っていた自撮《じど》りの画像データだ。

はっきり見ていないけど、裸《はだか》に近い写真もあったはず。

桐原《きりはら》には言っていないし、今後も言うつもりはないが――あのままユズが引き下がらなかった場合、『暴露《ばくろ》されたら、これをバラまく』と伝える可能性もあった。

暮井《くれい》さんにバレたときと一緒《いっしょ》だ。……目には目を。歯には歯を。

秘密を守るなら、結局それが一番わかりやすい。

でも、用意していた対抗《たいこう》策を使わずに説得を始めたのは、相手がユズだったから。

暮井《くれい》さんの善性に賭《か》けるのは怖《こわ》かったけど、ユズなら話は別だ。

ユズのことはよくわかっている。ユズは俺が手に入らないとわかったら、俺のしたいことを優先してくれる。……そう信じていたから、説得が先だったんだ。

そして、ユズは俺の信頼《しんらい》と期待に応えてくれた。

もう、あのデータは必要ないだろう。あとで全部消しておくつもりだ。

だけど……対抗《たいこう》策を用意した時点で、俺にユズを追う資格は絶対にない。

あいつの元カレ同様、一線を越《こ》えた自覚は、間違《まちが》いなく自分の中にある。

――今の苦い気持ちは生涯《しょうがい》、忘れてはいけない。

「桐原《きりはら》、色々振《ふ》り回《まわ》してごめんな。でも、もうユズと会うことも、連絡《れんらく》を取り合うこともないと思う。だから、お前は安心して――え？」

顔を見て、思わず声が出る。桐原《きりはら》は悲しそうに目を伏《ふ》せて、ぽろぽろと涙《なみだ》を落としていた。

困惑《こんわく》する俺に、「ごめんなさい」とまで言ってくる。

「私が子供なせいで、銀《ぎん》を傷付けた。……暮井《くれい》先生のときもそうだったけど、私はいつも銀《ぎん》に、大事なもの、捨てさせてる」

「違《ちが》うよ、桐原《きりはら》。それは違《ちが》う」

グズグズ泣き始めた桐原《きりはら》を抱《だ》き締《し》める。

桐原《きりはら》は泣《な》き止《や》まない。

「この恋《こい》は、みんなを不幸にするのかな……」

そんなことない、と耳元で言い続けた。

「たとえそうでも、俺はお前を選ぶよ」

どれだけ言っても、桐原《きりはら》は泣《な》き止《や》むことができなかった。

……ユズも今頃《いまごろ》、どこかで泣いているだろうか。

自分の選択《せんたく》に後悔《こうかい》はないけど、二人を泣かせてしまったことは不甲斐《ふがい》ないし、残念だった。

＊＊＊

柚香《ゆずか》さんが帰ったあと、銀《ぎん》は、泣き続ける私をずっと慰《なぐさ》めてくれた。

それでも泣《な》き止《や》まない私のためにお風呂《ふろ》の準備をしてくれて、ゆっくり浸《つ》かっておいで、と送り出してくれた。

……お風呂《ふろ》から上がると、銀《ぎん》は、ひとりでお酒を飲み始めていた。

銀《ぎん》の遠慮《えんりょ》を押し切って、私が冷蔵庫に用意してたやつだ。

「……先に寝《ね》るね」

そっとしておいた方がいいと思った私は、ひとりでベッドに潜《もぐ》り込む。

だけど、全然眠《ねむ》れなかった。

銀《ぎん》が来る気配もまったくない。

もう深夜の二時を過ぎている。

心配になって銀《ぎん》の様子を見に行くと、明かりはついたままだった。

……銀《ぎん》は、食卓《しょくたく》に突《つ》っ伏《ぶ》して眠《ねむ》っていた。

顔に涙《なみだ》の跡《あと》があるように見えるのは、私の感傷だろうか。

「……ごめんね」

私を慰《なぐさ》めているときは、「気にしなくていい」って言い続けてくれた。

少ししか話せなかったけど、柚香《ゆずか》さんがどれだけ銀《ぎん》を大事に想《おも》っていたかはすごく伝わってきた。同時に、銀《ぎん》が柚香《ゆずか》さんをどれだけ大切にしていたのかも——。

でも、銀《ぎん》はそれを全部かなぐり捨てて、私を選んでくれている。

その覚悟《かくご》の大きさは私を幸せにしてくれるけど、私を、不安にもさせてくる。

私が大好きなこのひとは、とても優《やさ》しい。

誰《だれ》かの痛みに敏感《びんかん》で、ひとの気持ちがわかりすぎてしまう。

それはとても素敵《すてき》な才能だけど、同じくらい危ないモノ。

周りのひとが傷付くなら、自分が傷付いた方がいいって考える要因になってしまう。

そのせいでいつか、銀《ぎん》自身が銀《ぎん》を殺してしまうんじゃないかって……不安になる。

「銀《ぎん》は大人なんだよ……大人すぎるくらいだよ」

私が思うに、子供と大人を分けるのは年齢《ねんれい》なんかじゃない。

そこを分ける大きな要素のひとつは、責任感だ。

自分の行動が周囲に与《あた》える影響《えいきょう》を、考慮《こうりょ》できるかどうか——そこの自覚があるか否《いな》かだ。

たとえば、私が生徒会で一緒《いっしょ》に仕事をしているカナちゃんなんかは、そこが圧倒的《あっとうてき》に足りていない。優秀《ゆうしゅう》な能力を持つ子だけど、その点、あの子はまだ子供だ。

……でも、銀《ぎん》は違《ちが》う。

文化祭や柚香《ゆずか》さんの件でよくわかった。

このひとは絶対に逃《に》げない。

自分の弱さからも、自分が取った行動からも。

……きっと、私との恋《こい》からも。

このひとは秘密がバレたら全てを自分で抱《かか》えて、私を守るだろう。

あれは、嘘《うそ》じゃなかった。

自分で全ての罪を被《かぶ》って、私とは二度と会わない——それくらいの覚悟《かくご》がある。

このひとは全身全霊《ぜんしんぜんれい》で、人生を天秤《てんびん》にかけて、命懸《いのちが》けで私に恋《こい》をしてくれている。

私は、それに見合うモノを返してあげられているだろうか？

少なくとも今は——自信がない。

寂《さび》しいから、一緒《いっしょ》にいたいから——そんな幼稚《ようち》な理由で危ない橋を渡《わた》らせた自分が、今はとても憎《にく》い。

「銀《ぎん》。私も早く、あなたみたいな大人になりたい」

卒業したら誰《だれ》にも気兼《きが》ねせずに付き合えるとか、そういうことではなくて——。

銀《ぎん》が私を大事にしてくれるのと同じくらい、私も、銀《ぎん》を守れるようになりたい。

このひとがしてくれるように、このひとを包み込めるような、立派な女性に……。

そのためにできることを、今からでも考えていこう。

絶対、何かはあるはずだ。

5. 羽島銀《はしまぎん》・最近驚《おどろ》いたこと：災害の再来

ユズが桐原《きりはら》の家から立ち去った翌日、桐原《きりはら》の勧《すす》めもあって、自宅へ戻《もど》ってみることにした。中へ入ってみると、ユズの私物は全てなくなっていた。服も化粧品《けしょうひん》も、歯ブラシも、全部だ。

唯一《ゆいいつ》残っていたのは、ユズが使っていた布団《ふとん》だけ。

ベランダへ干すときに持ち上げると、かすかにユズの匂《にお》いがした。

……いつも愛用していたボディクリームの香りだ。

懐《なつ》かしい匂《にお》いだった。

長年続いていたユズからの連絡《れんらく》も当然、途絶《とだ》えている。

胸にぽっかり穴が開いたような感覚を埋《う》めるべく、仕事に打ち込むことにした。

暮井《くれい》さんに『期末試験の問題作りを全て自分でやりたい』とお願いしてみたり、机や引き出しの掃除《そうじ》をしてみたり。

とにかく、余計な考えが浮《う》かんでこないよう、頭と手を動かし続ける。

心境の変化があったのか、桐原《きりはら》も「しばらく銀《ぎん》に甘えるの、我慢《がまん》してみる」と言ってきた。

ユズがいなくなったから平日の同棲《どうせい》は解消された。土日も絶対に桐原《きりはら》の家に行くのではなく、相談して決めていこう、と提案された。

桐原《きりはら》とはスマホで連絡《れんらく》は取り続けているが、今のところ密会のお誘《さそ》いもない。

久々に、仕事だけに集中している状態だった。

それが数日ほど続くと、暮井《くれい》さんが俺に声を掛《か》けてきた。

「嫌《いや》なことを忘れるために動いているように見えるけど、気のせい？」

「……あ、すみません。俺の仕事、どこか雑でしたか？」

「そういうわけじゃないのよ。ただ、いつもと様子が違《ちが》うから」

暮井《くれい》さんには一度相談に乗ってもらったし、助言もしてもらえた。

ちゃんと報告をしないのは、不義理かもしれない。

「仕事が終わったあと、例のバーへ行きませんか」と誘《さそ》ってみた。

二つ返事で了承《りょうしょう》を貰《もら》えた。その日の晩、俺たちはさっそく、前と同じ席で向かい合った。

「……そう。そんなことになったの。大変だったわね」

「いえ……まぁ、しょうがないです」

「そうね。でも、ちゃんと筋を通したんじゃない？」

「桐原《きりはら》にですか？」

「彼女にもだけど、柚香《ゆずか》さんにもよ。私の感想だけど、あなたたちって、ちゃんと別れられていなかったのよね」

暮井《くれい》さんは寂《さび》しそうな表情を浮《う》かべて、カクテルグラスの縁《ふち》をなぞっている。

「お互《たが》いまだ好きだったのに、相手を気遣《きづか》って、相手のために嘘《うそ》を言って、離《はな》れた方が相手のためになる、って必死に思い込もうとした。本当はそんなことなかったのにね。……まぁ、結果論かもしれないけど。別れたあと、柚香《ゆずか》さんが幸せになれる相手と出会っていたら何も問題なかったわけだし」

「……そうですね。できれば——これから、そういう相手を見つけてほしいです」

「残念だけど、しばらくは引きずりそうな別《わか》れ際《ぎわ》よねぇ……ボタンの掛《か》け違《ちが》い、タイミングの違《ちが》いで明暗が分かれたわけだし……」

「うーん……」

「でも、羽島《はしま》先生は正しいことをしたと思うわよ？　ちゃんとフって、彼女を選ぶ未来もあったって伝えて、彼女のプライドも守ったでしょう。だからお礼を言われたんじゃない？　これでちゃんと前に進める、って意味の『ありがとう』だったんじゃないかしら」

「……そうだと、いいんですが」

「くよくよしてちゃダメよ。ちょっとしたズレが大きく影響《えいきょう》することなんて、人生でたくさんあるし」

暮井《くれい》さんは、自分の昔話もしてくれた。

以前、スポーツの方面で将来有望な生徒を受け持ったときのことだ。その子は大会でも優《ゆう》秀《しゅう》な成績を残していたけど、練習試合で負けを確定させるミスをしてしまい、それから全てが狂《くる》ったのだとか。

「重要な試合でもなかった。本当に、ちょっとしたミスだった。それなのに、うまくいかなくなってしまった。……でも、そのおかげで、その子は違《ちが》う道を検討する機会を手に入れて、今は幸せになってる。もう卒業したけど、たまに連絡《れんらく》が来るわ」

暮井《くれい》さんは微笑《ほほえ》んだあと、優《やさ》しく続けてくれる。

「間違《まちが》うのも人生なら、やり直せるのも人生よ。その日、その瞬間《しゅんかん》、悔《く》いがないように生きていきましょう。いずれ何かは手に入るから。前を向いてがんばりなさいな。そもそも、あなたは本当に、落ち込む必要なんてないと思うし」

「どうしてです？」

「隣《となり》に痛みを共有してくれるひとがいるでしょう？」

桐原《きりはら》のことを言っているのだと、すぐに気が付いた。

「あの子は子供だけど、大人な部分もあるから。頼《たよ》ったら助けになってくれるはずよ。週末になったら会いに行くんでしょう？」

「いえ……それは、ちょっと控《ひか》えようかと」

「そうなの？　弱ってるときくらい頼《たよ》ったら？　女って、男のひとに頼《たよ》られて安心する部分もあるのよ？」

……そう言われると、会いに行くのも悪くないのでは、と思えてきてしまう。

言ってくれたのが暮井《くれい》さんだからだろうか。

「せっかく好きなひとがいるんだから、大切にしてもらいなさいな。それが、あの子を大切にすることにも繋《つな》がるわよ。……きっとね」

「……そうですね。相談してみます。色々と、ありがとうございます」

「いえいえ。それより、せっかく来たんだから軽くお腹《なか》に入れない？　ここのお店、カクテルが売りだけどチーズと生ハムもおいしいのよ。サラダも頼《たの》んじゃおうかな。ひとりだと食べ切れなくて注文できないのよね」

俺から誘《さそ》ったのに、暮井《くれい》さんにごちそうになってしまった。

でも、おかげでだいぶ気分は晴れた。

……ユズも誰《だれ》かに事情を打ち明けて、切《き》り替《か》えられているといいんだけどな。


暮井《くれい》さんと食事をしたあと、タクシーを相乗りしてアパートまで戻《もど》ってきた。時間は夜の九時を回ったあたりなので、まぁ、健全な解散時間だ。明日に響《ひび》くことはないだろう。

俺の家へ向かう方があとだったので、車内で桐原《きりはら》に連絡《れんらく》を取ってみた。

『今週末、行っていいか？』

『いいの？』
『俺が行きたいんだ。ダメか？』
『それならしょうがないね。待ってます』
小躍《こおど》りするスタンプが送られてきて、正直、ホッとした。
……今のところ、ユズみたいに俺をマークする人間はいないはずだ。
桐原《きりはら》の様子も気になるし、今週だけはお邪魔《じゃま》することにしよう。

「……ん？」

自分の部屋がある階に上がったところで、妙《みょう》な光景に気が付く。
何故《なぜ》か、めったにひとと遭遇《そうぐう》しないアパートの通路。そこに、またまたひとがいる。
しかも、俺の家の前……のような？
気落ちした様子で、体育座りをしている。
……向こうも俺に気付いたらしく、静かに立ち上がる。
喜んで立つような感じではなくて、重々しく、腰《こし》を上げるような感じだ。
……見覚えのある人物だ。こっちに近付いてくる。
ものすごく気まずそうに、とぼとぼとした足取りで近付いてきて、俺の前で止まった。
俺が黙《だま》って反応を待っていると、弱々しく呟《つぶや》いてくる。

「……こんばんは」

「……おう」

ユズだった。

背中を丸めて、肩《かた》を縮こまらせながら、小さい声で話し始める。

「いよいよ頼《たよ》るアテがなくて実家へ戻《もど》ったのですが、予想通りの展開になりまして。数日で、限界でした。……どうか、助けていただけないでしょうか」

「………」

「…………」

「返事の前に、どうしても言いたいことがあるんだが、いいか？」

「……はい」

「お前、あんな別れ方して消えていったのに、たったの数日で――」

「言わないでぇぇぇ〜っ！　あたしが一番わかってるし傷付いてるからぁぁあ……っ！」

ユズは「ひーんっ！」と情けない声を上げて泣き始める。

俺は、脱力《だつりょく》して肩《かた》を落とすしかない。

とりあえず近所迷惑《めいわく》なので、ユズを連れてアパートの敷地《しきち》外まで出た。

ユズはまだグズグズ泣いている。

さすがに距離《きょり》感《かん》がバグったユズでも、今度ばかりは参っている様子だ。

「まさか現実になるとはなぁ……」

「……どゆこと？」

「十中八九ないだろうけど、ユズのことだし、もしかしたらこうなるんじゃないかって思った部分があってさ……」

いやいやさすがにないだろう、と踏《ふ》んでいたんだが……さすがのユズだった。

なんともまぁ……。

「……実は、お前が頼《たよ》ってきた場合の対策は、既《すで》に考えてある」

「えっ……」

「お前が仕事を見つけるまでの間、家に置いてくれるってひとがいる」

「マジで!?」

「この状況《じょうきょう》で期待を持たせるような嘘《うそ》を言うほど、人間終わってない。……ちょっと連絡《れんらく》するから、待ってろ」

スマホで連絡《れんらく》をすると、返事はすぐにきた。

たぷたぷたぷ、と文字を打ち込んで、ふぅ、とため息をつく。

「OKだそうだ。行くぞ。荷物は？」

「今回もこのバッグだけでぇすっ！」

「……そうか」

これを誇《ほこ》らしげに言う辺り、こいつは、やはり何かがおかしい。

放り出されなくてホッとしたのか、ついてくる足取りもずいぶん軽い。

「親切なひとがいるもんだねぇ……ねね、これからあたしがお世話になるのって、どんなひと？」

「来ればわかる」

ユズを先導しつつ、駅へ向かう。

改札に入ろうとするユズを呼び止めて、少し待ってもらった。

「えっ⁉　なんでわざわざ切符《きっぷ》なんか買うの……？」

「すぐにわかる」

向かうのは数駅先だ。

電車を降りたあと、目的地まで再び俺たちは歩き始める。

「あれ？　さっきの駅って……え？　いやいや、嘘《うそ》、だよね？」

ユズの独り言には反応せず、俺は先導を続ける。

目的地が近付くにつれて、ユズの口数が減ってきた。

これからユズがお世話になるかもしれない家の前に到着《とうちゃく》すると、ユズは唖然《あぜん》としていた。

「あの、銀《ぎん》、えぇと……？」

「どうした。……行かないのか？」

「…………」

「……話だけは、聞いてみるべきだと思うけど」

ユズは「うぐ、ううう〜……」と愉快《ゆかい》な唸《うな》り声《ごえ》を上げたあと、数秒ほど停止した。

「どうする？」

「……行く」

頷《うなず》きを返し、エントランスから敷地《しきち》内に入って階段を上がっていく。

目的の部屋の前でチャイムを鳴らすと、まもなく玄関《げんかん》が開いた。

「こんばんは。……いらっしゃい、柚香《ゆずか》さん」

＊＊＊

俺たちが訪ねたのは桐原《きりはら》の家だ。

ユズが桐原《きりはら》の提案を呑《の》んだ場合、二人は同じ家に住むことになる。

これからどうなるかは、まだ——誰《だれ》にもわからない。

あとがき

お世話になっております。扇風気周《せんぷうきまわる》です。（※ビジネスメールの出だしをほぼ全てこれで乗り切る三十代）

『教え子とキスをする。バレたら終わる。』の二巻でございました。

個人的な話で大変恐縮《きようしゆく》なのですが、作家としては初めての続刊となります。

一巻発売後、わりと早い段階で編集さんから「続き行きましょうーっ！」のご連絡《れんらく》は頂いていたのですが「何があるかわからない。ほんとに決定するまで公《おおやけ》には言えないなぁ」と静かに作業をしておりました。

既刊《きかん》本の数は少ないですが、この業界に入れていただいてからはそこそこ長い扇風気《せんぷうき》。色々と耳にしたり、目にしてきたり……まぁ、ございます！

我が身《み》を振《ふ》り返《かえ》って最強にありそうだなぁと思ったのは「出ます！」→「原稿《げんこう》がつまらないからダメって言われちゃいましたごめんなさい、てへ」の流れでした。

心身共に丈夫《じようぶ》が売りの人間なので、仮にそうなったとしてもゲラゲラ笑えるのですが、続きを楽しみにしてくださっている方にその流れを見せるのは……と思い、作業に集中しました。

GOサインが出ただけあって、「続きが気になる！　楽しみ！」と感想を書いてくださった方は多かったように思います。無事に二巻をお届けできたのは、そういったお声のおかげです。ありがとうございました！

一巻から引き続き、楽しんでいただけましたら幸いです。

二巻でも、担当編集の近藤《こんどう》さんと井澤《いざわ》さんには大変お世話になりました。色々と支えていただき、今回も良《い》いお話になったと思います。ありがとうございました。引き続き、よろしくお願いいたします！

初稿段階《しょこう》で色々と相談に乗ってくれたコトノハさんもありがとうございました！　今年こそはご飯おごります。

イラストをご担当いただきました、こむぴさんもありがとうございます！　たくさんの方に一巻をご購入《こうにゅう》いただけたのは、カバーイラストの力だと思っています。今後とも、よろしくお願いいたします！

最後に、繰《く》り返《かえ》しになりますが、読者の皆様《みなさま》もありがとうございました！

皆様《みなさま》のおかげで「小説の続きを出す」という夢が叶《かな》い、私自身には良《い》い風が吹《ふ》きました。皆様《みなさま》にも良《い》い風が吹《ふ》くことを祈《いの》っております。

またお会いできることを祈《いの》りつつ、失礼いたします。

◉扇風気 周著作リスト

「視ル視ルうちに好きになる」（電撃文庫）
「教え子とキスをする。バレたら終わる。」（同）
「教え子とキスをする。バレたら終わる。2」（同）

本書に対するご意見、ご感想をお寄せください。

ファンレターあて先
〒102-8177　東京都千代田区富士見2-13-3
電撃文庫編集部
「扇風気　周先生」係
「こむぴ先生」係

本書は書き下ろしです。

電撃文庫

教《おし》え子《ご》とキスをする。バレたら終《お》わる。2

扇風気《せんぷうき》 周《まわる》

2024年２月10日　初版発行

発行者　山下直久
発行　株式会社KADOKAWA
〒102-8177　東京都千代田区富士見2-13-3
0570-002-301（ナビダイヤル）
装丁者　荻窪裕司（META＋MANIERA）
印刷　株式会社暁印刷
製本　株式会社暁印刷

●お問い合わせ
https://www.kadokawa.co.jp/（「お問い合わせ」へお進みください）
※内容によっては、お答えできない場合があります。
※サポートは日本国内のみとさせていただきます。
※ Japanese text only

※定価はカバーに表示してあります。

ISBN978-4-04-915444-3　C0193　Printed in Japan

電撃文庫　https://dengekibunko.jp/

全人類の記憶を
ロックした前代未聞の
身代金テロの真相は
夏海公司
絵：れおえん
セピア×セパレート
SEPIA X SEPARATE
復活停止
RESTORATION SUSPENSION
3Dバイオプリンターの進化で、
生命を再生できるようになった近未来。
あるエンジニアが〈復元〉から目覚めると、
全人類の記憶のバックアップをロックする
前代未聞の大規模テロの主犯として
指名手配されていた――。
電撃文庫

主人公の成長だけ止まったまま、
7年経ったら――？
年上の美人教師
初恋のリベンジを誓う同級生
もう、あの頃の
3人の関係には
戻れない。
著／葉月 文
イラスト／U35
さんかくのアステリズム
Summer Triangle
俺を置いて大人になった幼馴染の代わりに、
隣にいるのは同い年になった妹分
電撃文庫

夢を諦めクソみたいな大人になっちまった俺の人生。
全ての原因は中学時代のアイツ、初恋の彼女、
安芸宮羽純のせいだ――なんて愚痴っていた俺は、
事故に遭いなぜか中学時代へとタイムリープしていた。
初恋の彼女への
告白を、もう一度――
タイムリープで
あの夏の青春をやり直す――！
青春2周目の俺がやり直す、ぼっちな彼女との陽キャな夏
Story by igarashi yusaku
Art by hanekoto
五十嵐雄策
イラスト
はねこと
当時は冴えないモブ男子だった俺だが、
あっという間に理想の青春をやり直すことに成功！
あとは安芸宮と過ごした『あの夏』の事件の
真相を暴き、変えるだけのはずだったのだが――。
電撃文庫